COLLECTION
FOLIO/ACTUEL

Albert Memmi

Le racisme
Description, définitions, traitement

Nouvelle édition revue

Gallimard

© *Éditions Gallimard, 1982, et 1994
pour la présente édition.*

L'auteur de *La statue de sel* et du *Portrait du colonisé* est professeur honoraire à l'université de Paris. Né à Tunis où il a passé toute sa jeunesse, il a connu les camps de travail sous l'occupation allemande. Son œuvre, traduite dans une vingtaine de langues, lui a valu de nombreux prix, dont le prix de l'Union rationaliste en 1994, le Grand Prix du Maghreb en 1995 et le prix de la ville de Bari en 2000.

*A Aimé Patri
mon premier maître à penser*

NOTE POUR L'ÉDITION DE 1994

Depuis la première édition de ce livre, bien des remous se sont produits autour du racisme. Avec quelque naïveté, j'avais affirmé à l'époque que dorénavant « personne, ou presque, ne se reconnaît comme raciste » ; cette pudeur, ou cette prudence, s'est bien estompée. Sans toujours s'affirmer ouvertement tel, on tolère des crimes racistes presque partout dans le monde ; on en propose des explications, qui ressemblent souvent à des plaidoyers : les difficultés économiques, le chômage, une immigration excessive, la défense de l'identité collective... comme si le mépris, l'exclusion et le meurtre pouvaient être justifiés par des difficultés, bien réelles par ailleurs. La rhétorique et la démagogie se sont à nouveau emparées d'une affaire déjà bien assez embrouillée. Plus heureusement, de nouveaux chercheurs sont apparus qui ont repris le problème avec sérieux et compétence, et dont les enquêtes et les réflexions sont loin d'être négligeables[1].

Alors, pourquoi ai-je répondu favorablement à la demande de mon éditeur pour donner une édition nouvelle, revue et actualisée il est vrai, de mon livre ? C'est parce que

---

1. Voir les repères bibliographiques, donnés en fin de volume p. 235, auxquels renvoient les notes appelées par lettres supérieures à l'intérieur du texte.

sa singularité, m'a-il semblé, demeure. Je n'avais nullement voulu rédiger un ouvrage d'érudition, et on ne le trouvera pas ici ; l'érudition, s'enrichissant tous les jours, finit inévitablement par rendre caducs les ouvrages qui en traitent. Je n'avais pas davantage cherché à retracer l'histoire du racisme, même si, chemin faisant, j'ai dû en rappeler les principales étapes et manifestations diverses[a]. Comme dans quelques autres de mes textes, j'ai voulu surtout rendre compte du racisme tel que je l'ai vécu : je suis parti d'une expérience, parce qu'il me semble que le constat, s'il est correctement effectué, est irrécusable. Les vœux, les propositions d'action doivent venir après[b] ; et j'ajoute : la philosophie, qui est pour moi un effort de la raison à partir d'une expérience même inavouée. Or il se fait, malchance pour l'homme mais chance pour le chercheur, que j'ai rencontré le racisme à plusieurs reprises et sous plusieurs formes, au moins sous sa forme coloniale, puis dans sa variété antijuive. Et lorsque j'ai été amené à décrire ces aspects de ma vie, il m'a été impossible de ne pas considérer la place qu'y avait le racisme. C'est ainsi que, bien avant mes essais systématiques, comme *Portrait du colonisé* ou *Portrait d'un Juif*, mes premiers romans, *La statue de sel* ou *Agar*, en contiennent de nombreux traits.

Mais si l'actualité, l'histoire qui se faisait sous mes yeux me fournissaient du matériel indispensable pour des comparaisons successives, les mécanismes fonciers ne se démodent pas. Raison supplémentaire, donc, pour consentir à une édition nouvelle. D'autant qu'entre-temps, j'avais, moi aussi, accumulé sur le même sujet de nombreux textes plus courts, communications, notes, entretiens ; il aurait été dommage de ne pas récupérer l'essentiel pour en enrichir l'ouvrage primitif. Le livre que voici est aussi le résultat de ces enrichissements ultérieurs. Mais le dessein reste le même : proposer une description, une interprétation, et une définition du racisme et de ce que j'ai proposé de nommer l'*hétérophobie*.

Je continue à penser en effet que la différence est le pivot du racisme, parce que la différence fait peur, parce que l'inconnu fait peur ; or cette peur suscite l'agressivité. Dans *Portrait d'un Juif* déjà, je décrivais cette « peur agressive d'autrui » chez les enfants qui, s'ils ne sont pas en confiance, manifestent une agressivité spontanée devant un vêtement inhabituel, une coupe de cheveux insolite. Le turban et la houppelande de Jean-Jacques Rousseau provoquaient la haine des villageois plus sûrement que ses idées sur la religion ou la société. Le « Comment peut-on être Persan ? » de Montesquieu n'exprime pas seulement la curiosité et l'étonnement que suscite l'exotisme, mais aussi la méfiance et l'inquiétude.

Toutefois, cette *hétérophobie* n'est pas encore du racisme, lequel est une élaboration idéelle, plus ou moins fictionnelle, à partir de l'hétérophobie. De sorte que nous nous trouvons devant une construction à deux niveaux : un soubassement émotionnel, archaïque, et très largement répandu, et une argumentation réactionnelle, souvent aberrante, mais somme toute explicable, parfaitement « lisible » comme on dit aujourd'hui. Le traitement du racisme devra tenir compte de cette dualité.

Quoi qu'il en soit, la différence est d'une certaine manière trouble et négation de l'ordre établi. Devant l'étrangeté de l'autre, on risque d'hésiter sur soi-même. Et pour se rassurer, pour se confirmer, il faudra refuser, nier l'autre : c'est lui ou c'est moi. Pour que j'aie raison, il faut qu'il ait tort ; pour que mon ordre soit bon, il faut que le sien soit mauvais, puisque son anormalité met mes propres normes en péril : bref, le racisme est *commode* !

Cette commodité apparaît particulièrement nette dans les conditions de domination, ou de privilège, le privilège étant ordinairement vécu comme une injustice, dont le dominant ou le privilégié tente de se justifier. Quelle meilleure manière pour y parvenir que de proclamer l'indignité du dominé, c'est-à-dire en quoi il est, défavorablement, différent ? Le racisme est comparable à ces balançoires d'enfant où il faut abaisser l'un pour élever l'autre.

C'est pour condenser tout cela que j'en formulai enfin la définition suivante, qui, ayant eu l'honneur d'être adoptée par l'*Encyclopaedia universalis*, et d'inspirer celle de l'Unesco, est devenue un outil familier pour les chercheurs et les universitaires :

Le racisme est la valorisation, généralisée et définitive, de différences, réelles ou imaginaires, au profit de l'accusateur et au détriment de sa victime, afin de légitimer une agression.

J'ai voulu ainsi rendre compte à la fois de l'unicité du mécanisme et de sa diversité dans ses manifestations, puisqu'il se retrouve aussi bien dans l'antisémitisme que dans l'attitude de nombreux hommes à l'égard des femmes ou dans l'esclavage ; il y est clair, par exemple, que les différences biologiques n'y sont qu'un cas particulier ; elles peuvent être psychologiques, culturelles, métaphysiques ou... inventées : elles sont toujours au service de l'accusateur.

Ceux qui jugeront cette définition trop technique pourront en extraire des formules plus simples, par exemple : *le racisme est l'utilisation profitable d'une différence.* Du reste le lecteur trouvera à la fin de cet ouvrage une analyse point par point de cette définition, qui pourrait servir de base à une leçon scolaire ou universitaire...

Enfin, et bien que ma description concerne le racisme, et accessoirement l'antiracisme, pour ne pas décevoir l'attente du lecteur j'ai envisagé les *traitements* du racisme. En gros ils sont de trois ordres : psychologique, pédagogique et politique, correspondant en somme à trois aspects du racisme. Il faut tenter d'exorciser et de combattre cette plaie, ce raté de la relation humaine ; en soi-même d'abord, l'antiracisme doit être en premier lieu une hygiène mentale ; ensuite par la pédagogie, de l'école à l'université et même au-delà ; et enfin par la répression s'il le faut.

Mais tout cela suppose le choix délibéré d'une philosophie ; il ne s'agit que d'un choix, il est vrai, mais il est la condition d'une certaine conception de l'éthique et de l'ordre humain.

I

Description

1

LE DISCOURS DU RACISTE

Il y a quelque chose de surprenant et de paradoxal dans cette affaire, outre le tragique. Personne, ou presque, ne se veut raciste et pourtant le discours du racisme demeure tenace et actuel. Quand on l'interroge, le raciste se nie et s'évanouit : lui raciste, absolument pas ! Vous l'insulteriez en insistant. Pourtant, si le raciste n'existe pas, les attitudes, les conduites racistes existent ; tout le monde peut en citer... chez quelqu'un d'autre. Le discours raciste devrait paraître ennuyeux, périmé : mille et mille fois sa réfutation a été faite et refaite, par des spécialistes de tous genres ; la cause aurait dû être définitivement entendue ; et même le raciste persuadé : or il ne cesse de continuer à se répéter, comme si nul argument n'avait prise sur lui. De quoi parle-t-on au juste, et de qui ? Il faudra bien rendre compte aussi de ces contradictions et de cette surdité.

En attendant, puisque le discours raciste n'est pas clos, rappelons-le une fois de plus et une fois de plus réfutons-le, avant de tenter l'analyse du phénomène, vécu et conduite, individuel et collectif. Que le raciste dise, ou non, des sottises ou des vérités, agisse d'une manière aberrante ou coutumière, il faut bien l'écouter, lui, puisque c'est lui qui porte l'accusation et les coups. Quitte à interpréter, ensuite, la nature de ce discours, fût-il délirant[a]; dût-il nous en apprendre plus sur celui qui l'énonce que sur quoi il porte. Ce qui semble bien le cas.

Que dit le raciste, ou son ombre portée, même désavouée par lui ?

Notons d'abord qu'il prétend à la cohérence et même au système. Et, curieusement, à cet égard au moins, il semble convaincre, puisqu'on répète après lui qu'il existe une *théorie* raciste. Nous disposons de textes nombreux, fragmentaires ou abondants, où l'on peut vérifier l'assurance et l'ambition des auteurs racistes, leur conviction qu'ils dispensent une vérité, auprès d'un public accueillant et disposé à les suivre. Même le raciste courant, qui n'est ni un penseur ni un spécialiste, semble bien connaître son dossier ; certainement mieux que l'indifférent ou l'antiraciste. C'est qu'il en est préoccupé, dirait-on, jusqu'à l'obsession. Dans un salon ou dans la rue, dans l'autobus ou sur son lieu de travail, il en parle à qui veut l'entendre ; il cherche à susciter des confirmations, qui le remplissent d'aise, ou même des objections auxquelles il répond victorieusement. Il fait état de lectures, d'informations qu'il communique volontiers pour l'édification de chacun ; il dérive complaisamment jusqu'à des vues générales sur la nature humaine et le destin de la civilisation. Sinon une théorie scientifique, il existe ainsi une espèce de philosophie raciste, si l'on consent à employer ce terme de cette manière extensive : une vision générale et une volonté de persuasion, qui

Description

tendent à influer sur les gens, afin de promouvoir un nouvel ordre des choses.

Quelle est cette philosophie ? Que veut-elle démontrer et à quoi veut-elle aboutir ?

Si l'on néglige les remarques trop particulières, les distinctions d'école et les tics d'auteur, elle se fonde principalement sur trois séries d'arguments, que l'on pourrait résumer comme suit :

Il existe des *races pures*, donc distinctes des autres : donc des différences biologiques significatives entre les groupes et les individus qui les composent.

Les races pures sont *biologiquement supérieures aux autres* ; cette supériorité se traduit également par des supériorités psychologiques, sociales, culturelles et spirituelles.

Ces multiples supériorités *expliquent et légitiment la dominance et les privilèges* des groupes supérieurs.

Or ce qui frappe, à l'examen même rapide, c'est la fragilité de chaque proposition, la faiblesse des transitions et l'illégitimité des conclusions.

Le terme de race, déjà, nous plonge dans la perplexité. Historiquement, c'est un terme d'élevage, né de préoccupations techniques de rendement. Du reste, Darwin est parti de là : de la sélection artificielle pour imaginer sa sélection naturelle. Quant à la pureté, il s'agit d'une convention, fruit de ce même dessein des éleveurs. Dans la pratique vétérinaire, il ne s'agit évidemment pas de pureté absolue, ni d'un retour au passé — où irait-on ainsi ? — mais au contraire d'une élaboration pour l'avenir, de la consolidation d'un choix. Les races « pures » sont des lignées artificiellement fixées par l'homme pour mieux remplir des tâches données ; elles sont diversement relatives à ces tâches, et non d'une pureté strictement biologique. La meilleure « race » de chevaux est tantôt la mieux adaptée à la course, tantôt la plus efficace au labourage ; physiologiquement très dissemblables, le percheron et le « pur-sang » sont tous les deux les meilleurs, chacun selon sa fonction. Appliqué à l'homme, on ne voit plus très bien ce que tout cela signifie. Sauf dans quelques cas fort rares, l'inceste royal par exemple, cette volonté sélective n'a jamais existé. Jusqu'ici personne n'a jamais prétendu transformer les foules. En tout cas, une telle sélection n'a jamais été réalisée, même par hasard. On ne connaît guère de groupes dont l'isolement fut tel qu'ils n'ont jamais reçu d'apports étrangers. Les nécessités de la survie, les exigences de la guerre ont contraint l'humanité à un brassage continuel ; de sorte que loin d'avoir été fixés, les groupes humains n'ont jamais cessé d'évoluer. Même ces familles seigneuriales, qui prétendaient à l'endogamie, ne furent pas à l'abri des bâtardises ; les harems les plus surveillés n'y ont pas échappé, on le sait maintenant. En supposant que la pureté ait prévalu chez quelques-uns, ce n'est pas, en tout cas, l'ordinaire de l'humanité. En vérité, si l'on excepte la chimie, *la pureté est une métaphore, un vœu ou un fantasme*, où c'est l'exigence de la perfection qui entraîne le reste.

Est-ce à dire que les hommes ne sont pas biologiquement différents ? Si, bien sûr ! Les partisans du racisme continuent à suivre avec passion toute nouveauté scientifique susceptible d'améliorer leurs positions. Il semble pourtant que, dans ce domaine, tout a été dit. On parle actuellement de renouveau des mouvements de droites racistes : ce qui frappe dans ces « nouvelles » droites, ce n'est pas leur originalité mais leur poussiéreuse vétusté. La vérité est relativement simple : *les races pures n'existent pas, mais les hommes sont différents.*

Il n'est pas nécessaire d'argumenter pour démontrer ces différences, la rue les montre suffisamment. Dans un grand magasin, dans le métro, on rencontre à la fois des blonds, des noirs, des roux et des demi-teintes, des jaunâtres et des rougeâtres ; les yeux sont bleus, marron, verts, noisette ; les cheveux, le nez, les lèvres... Est-il bien utile de poursuivre cette énumération, même à l'intérieur d'une même ville ? A plus forte raison, dans toute l'Europe, pour ne pas quitter le continent ? Mais on voit, du même coup, que les individus d'un même type, à supposer qu'on puisse l'isoler, ne constituent nullement un *groupe social* distinct des autres. Chaque trait biologique se distribue au hasard des nations, des ethnies, des classes. De sorte qu'au sein d'un même groupe, et d'un groupe à l'autre, on retrouve, en proportions variables il est vrai, les divers types humains ; ou, plus exactement, ces mêmes traits assemblés de diverses manières. De sorte encore que si les hommes sont effectivement différents, aucun groupe ne peut revendiquer l'exclusivité de telle ou telle constellation.

Cela ne signifie pas qu'il n'y ait pas non plus de constellations dominantes selon les lieux, mais elles sont *relatives*. Relativement aux Européens, les Africains sont globalement plus sombres de cheveux, de peau, d'yeux ; mais si l'on y regarde de près, parmi les Européens ou parmi les Africains, la diversité réapparaît. Parmi les Européens, les gens du Midi sont, dans l'ensemble, plus foncés que les gens du Nord ; mais que de variété dans une foule de Provence ! Si l'on parcourt le continent africain, on traverse une extraordinaire palette, et non simplement « des Noirs ». Entre les Africains quasi blancs et les Africains tout à fait noirs, on rencontre tous les intermédiaires ; depuis les pâles boutiquiers grassouillets des souks tunisiens ou marocains jusqu'aux grands Masaïs du Kenya, filiformes et charbonneux, en passant par les minuscules Pygmées[a].

Il existe également ce que l'on pourrait appeler un *effet de spectre* : plus on change de latitude, plus la concentration de tel ou tel trait peut devenir intense. Mais il n'y a jamais de rupture complète. Comme dans un spectre, d'un groupe à l'autre, on parcourt tous les dégradés, toutes les nuances. Quelquefois la rupture semble plus nette : une foule juive, maghrébine, corse ou russe, réunie dans une salle parisienne, semble reconnaissable : mais que reconnaît-on ? Une *race* juive ? Une *race* nord-africaine, corse ou russe ? Ou simplement un phénomène de concentration ethnique ou socioculturel qui rassemble et accentue les différences relatives avec les autres groupes français : différences de vêtements, de parler, de maintien, etc. ? Une concentration de Bretons, d'Alsaciens ou de Provençaux donnerait la même impression : faudrait-il parler de *race* bretonne, alsacienne ou provençale ?

Et si, là encore, on regarde de plus près, on retrouve dans la foule juive, par exemple, toutes les variétés possibles : origines européennes diverses, Maghrébins, Orientaux, etc. Et si l'on examine séparément chaque catégorie, on y découvre encore la même complexité. Bref, répétons-le : *il est impossible de faire coïncider un groupe social avec une figure biologique.* C'est notre paresse, malveillante ou inquiète, notre myopie intellectuelle, due souvent à la distance, qui nous fait *globaliser* « les Arabes », « les Chinois », « les Américains », là où il y a diversité et variations. Il nous suffit de les caractériser comme « pas comme nous », « pas de chez nous » ; c'est-à-dire par rapport à nous et non dans leur être propre.

Cela ne veut pas dire, enfin, qu'il n'existe pas des *communautés culturelles.* Mais on y retrouve, très généralement, le même effet de spectre, à l'intérieur de chacune d'entre elles et d'une communauté à l'autre. Nous y reviendrons. En tout cas l'histoire et la sociologie démentent toute biologie simplificatrice. La France, pays riche et géographiquement accessible, a toujours vu accourir des populations de tous les horizons. Les nouveaux arrivés ont souvent réussi à s'y implanter, malgré les efforts des autochtones : Sarrasins dans le Midi, Germains dans l'Est et dans le Nord, Vikings dans l'Ouest, etc. Tous ces gens ont apporté leur contribution au matériel génétique commun. Les pays méditerranéens furent un creuset en fusion perpétuelle. L'Espagne, le Portugal ont connu des occupations maures de plusieurs siècles ; les populations de l'Italie, de la Grèce sont le résultat d'un incessant va-et-vient entre le Nord et le Sud ; la Corse a reçu, si je ne me trompe, dix-sept envahisseurs ! Et pourquoi ne pas regarder simplement devant nos yeux ? Le besoin de main-d'œuvre aspire en Europe autant, sinon plus de gens que les invasions ; et, cette fois, avec la bénédiction des gouvernants, sinon toujours des gouvernés. La France comprend environ quatre millions et demi d'étrangers venus du Maghreb, d'Afrique noire, de Yougoslavie, du Portugal, d'Espagne, d'Italie ; lesquels sont venus s'ajouter aux vagues plus anciennes : Polonais, Russes, Allemands, Arméniens. Sans compter, naturellement, l'agitation interne : Paris compte, dit-on, assez peu de Parisiens. (Au juste, qu'est-ce qu'un Parisien ?) La Suisse comprend dorénavant un étranger sur six habitants d'origine (que signifie au juste l'*origine suisse* ?). L'Allemagne fédérale fait appel en outre à des Turcs, qu'elle commence à refouler. Qu'est-ce que les U.S.A. aujourd'hui ? Le Canada ? Sinon des mosaïques de peuples et de cultures, en attendant, peut-être, des unifications qui se font attendre. Que va devenir l'Asie après ses derniers bouleversements ? Peut-on sérieusement parler de *la* Chine ? De l'Inde une ?... Arrêtons cette énumération, évidente et fastidieuse.

Il nous fallait pourtant ressasser, puisque le raciste radote et qu'il est écouté ; puisque les têtes du monstre sans cesse repoussent, il faut sans cesse les lui couper. Depuis peu, les racistes ont cru trouver un recours dans une découverte récente : l'analyse du sang humain révèle d'indéniables différences. Seulement, cela va jusqu'au niveau des individus, ce qui change tout ! Il semble, au contraire, que cela fasse reculer plus encore la « théorie » raciste : cette nouvelle carte d'identité sanguine, à l'instar des empreintes du pouce, complique davantage les classifications, puisque aucun individu n'est identique à un autre. Ces différences sanguines, indéfiniment émiettées, constituent moins encore des races pures et distinctes, ni, bien entendu, des groupes sociaux caractérisés. Ainsi toutes les constellations sanguines demeurent probablement possibles dans la quasi-totalité des sociétés humaines. Il n'y a d'ailleurs pas que le sang : un ami, éminent ophtalmologue, m'apprend que l'iris humain est à ce point individualisé qu'on recherche activement si sa topographie différentielle ne pourrait pas servir également de carte d'identité ; on connaît déjà l'utilisation de la voix pour ouvrir électroniquement les portes[a].

Notre première conclusion demeure intacte : sous réserve de ces cas rares et hypothétiques, où un parfait isolement géographique, ou social, aurait produit une sélection biologique, *la nature biologique de l'homme s'est constituée, et continue à se constituer, dans de continuels métissages*. Sans forcer sur le paradoxe, on pourrait dire que nous sommes presque tous des métis.

La deuxième proposition devrait tomber d'elle-même, puisqu'elle repose sur la précédente et que celle-ci ne tient pas. Si la notion de race pure est douteuse, celle de supériorité raciale au nom de cette pureté n'a plus de sens. Mais poursuivons. Faisons comme si l'argument valait et demandons-nous si ces races prétendues, et prétendument pures, sont supérieures aux autres. Les racistes ne pourront pas se plaindre de n'avoir pas été suivis jusqu'au bout.

Or, nous revoici plongés dans l'embarras : les faits sont à nouveau douteux et le raisonnement incohérent. Pourquoi une race « pure » serait-elle *supérieure* à une race « impure » ? Pourquoi la pureté biologique serait-elle supérieure à l'impureté ? Que signifie une supériorité biologique ? Et, s'il y avait des réponses raisonnables à tout cela, pourquoi la supériorité biologique entraînerait d'autres supériorités ?

Or, rien ne vient suggérer que la race la plus homogène, sinon absolument pure, serait la plus favorisée, ni dans les hasards de l'histoire ni à la suite de quelque projet. Çà et là, dans les mémoires collectives, on trouve bien quelque allusion à une peuplade fameuse, choisie par le destin ou par les Dieux : c'est le thème de l'élection, lequel, contrairement à ce que l'on croit, n'est pas spécifiquement juif. En tout cas, il ne se réduit jamais à la seule biologie, ni chez les Hébreux ni chez les autres peuples. Les Français veulent se croire le peuple le plus spirituel et le plus généreux de la terre, les Allemands le plus vertueux, les Italiens le plus artiste, les Juifs le plus familier de Dieu. Mais la signification est toujours la même : nous sommes les meilleurs ! Lorsque l'élément biologique existe, il est vague, au mieux symbolique, et souvent contradictoire : les cheveux de Samson, signe de virilité ; le talon d'Achille, signe de fragilité.

La pureté est plus douteuse encore : les héros sont souvent des mixtes, mi-divins mi-humains ; au besoin on leur attribue des nourrices animales. En vérité, nous nageons dans les eaux fertiles de l'imagination des peuples : nostalgie d'une ère de gloire, par opposition à la médiocrité des jours... ou hommage tardif rendu à un conquérant, ce qui est une manière d'excuser ses propres carences. Et qui ne souhaite une image améliorée de lui-même ? Tous ces mythes sont transparents et leur finalité évidente : le passé est gage de l'avenir. Nous avons été grands, pourquoi ne le redeviendrions-nous pas un jour ? Il suffirait de le mériter : l'arrivée ou le retour du Messie dépendent de nos vertueux efforts. On voit la place assignée à la biologie : cette reconstruction de nous-mêmes, nous pourrions l'entreprendre d'abord en fortifiant les corps ; les âmes suivraient. Nous pourrions fabriquer, systématiquement, des gaillards de deux mètres, rompus à toutes les fatigues, capables de toutes les audaces. Si, en plus, nous les coiffions de bonnets à plumes, ou de képis hauts comme des tuyaux de cheminée, de quelle magnifique armée nous pourrions disposer, et nombreuse à volonté ! Quel conquérant, quel homme d'Etat, n'a pas rêvé d'une telle cohorte, terrible et invincible, un corps spécial de prétoriens, miliciens, gardes, grognards, parachutistes, grâce à qui il pourrait imposer sa loi ? Les nazis n'ont fait que reprendre cette rêverie politico-militaire. Leurs prédécesseurs, ne disposant pas de techniques de manipulation biologique, s'adressaient banalement au marché : ils achetaient ou embauchaient les mâles les plus remarquables et les femelles les plus séduisantes. Les nazis, persuadés de posséder enfin l'outil biologique adéquat, entreprirent d'édifier de véritables haras : sujets sélectionnés des deux sexes, élevage spécifique des nourrissons, éducation ou dressage approprié. L'expérience n'a pas été concluante. Pour être juste, il faut ajouter qu'elle a été brève. Le fantasme ne semble pas épuisé : voilà que l'on reparle de fabriquer, avec une technicité dernier cri, des individus sur mesure, identiques et multiples à l'infini, des copies parfaites enfin. L'obsession de l'homogénéité et de la pureté se poursuit. Mais la même objection demeure : pourquoi des êtres biologiquement semblables, à la génétique contrôlée et épurée, seraient-ils supérieurs ? Et surtout de quelle supériorité s'agit-il ? Un robot biologique serait peut-être plus efficace pour certaines tâches. Mais quelle efficacité recherchons-nous ? Voulons-nous des robots spécialisés, même supérieurement, ou des êtres humains, de plus en plus humains, même au prix de quelque fragilité ? Notre idéal de l'homme et de la femme est-il celui de la vigueur physique ou de l'acuité intellectuelle ? De la sensibilité ou de la fonctionnalité ?

D'ailleurs, bien avant les expérimentateurs, la nature a déjà répondu : ceux qui ont vécu à l'écart de l'histoire humaine, de ses violences et ses viols, ses élans mélangeurs et ses inévitables osmoses, loin de bénéficier de cet isolement, se sont étiolés, sclérosés comme des plantes sans soleil. Le Bon Sauvage, mythe affectionné des utopistes du XVIIIe siècle, n'a rien de mieux à proposer au patrimoine collectif, ni biologiquement ni culturellement. On sait que les paysans, les mieux préservés contre les brassages des villes, sont moins résistants aux maladies que les citadins. L'endogamie n'a jamais été un brevet de santé. On cite le cas des Juifs, peuple tenace et culturellement prospère à travers les siècles : c'est une fausse endogamie, comme souvent. Ce qui a sauvé les Juifs, ce n'est pas leur prétendu isolement, mais, paradoxalement, leur histoire agitée, qui en a fait l'un des peuples les plus métissés de la terre. Il n'existe aucun trait anatomique propre et commun à tous les Juifs. Les Américains, nation de sang-mêlé, ne le cèdent à personne pour la beauté de leurs enfants, la créativité de leurs savants, le savoir-faire de leurs techniciens et de leurs hommes d'affaires. Là encore le sens de la démarche est clair : pour sauvegarder notre supériorité, gardons-nous de la pollution par les étrangers.

Une fois de plus, les concepts sont ici faussement évidents ; ainsi la notion de supériorité biologique : s'agit-il de la vigueur et de la santé ? De la précision du geste et de l'habileté ? De l'élégance et du charme ? Et à supposer qu'il existe une supériorité biologique en soi, rien ne prouve que cette supériorité se traduise par quelque autre surpuissance, psychologique ou spirituelle. Ni la santé ni la beauté n'entraînent automatiquement, comme une traîne somptueuse et bigarrée, l'intelligence, la noblesse des sentiments, des dons artistiques et une spiritualité élevée. Si les muscles, ou le charme, avaient été une garantie pour la meilleure conduite des affaires collectives, on aurait vu plus fréquemment, à la tête des Etats, des athlètes et des reines de beauté. Sans affirmer, à l'opposé, que les sportifs soient moins intelligents, ce qui serait un autre ostracisme, disons que la corrélation inverse ne s'impose tout de même pas. On peut regretter que les savants, les mystiques et les esthètes donnent si souvent d'eux-mêmes une image de la fragilité et de l'indifférence à la beauté plastique. Mais c'est un autre débat. La supériorité psychologique est également une meilleure adaptation fonctionnelle à une tâche donnée. Il existe, là encore, diverses supériorités. La biologie, à supposer qu'elle ait quelque rôle, ne serait qu'un élément d'une équation complexe, dont rien ne prouve qu'il en soit le plus déterminant. De quelque côté qu'on l'aborde, le racisme biologique s'avère intenable. On comprend que le raciste, obstiné à démontrer la justesse de sa cause, change si souvent de registre : cet élargissement est une fuite. Le passage de la biologie à la psychologie, puis aux autres dimensions, ne le sauve pas davantage.

Troisième série d'arguments, enfin : ils devraient s'effondrer en poussière, puisqu'ils reposent sur les précédents, lesquels se volatilisent à l'examen. Les races pures étant douteuses, les supériorités biologiques non évidentes, on ne peut en déduire d'autres supériorités. Mais, comme précédemment, accordons tout... pour voir aussitôt que l'on ne peut avancer davantage. Toujours les mêmes sables mouvants : pourquoi une conformation physique, ou psychologique, doit-elle *mériter* des avantages sociaux ? Pourquoi une supériorité naturelle, quelle qu'elle soit, donnerait-elle *droit* à des gratifications ?

On peut, certes, le décider et quelquefois cela se passe effectivement ainsi : certains sont enclins à favoriser la vigueur, la jeunesse ou la beauté. Mais ce sont là des états de fait, et le raciste parle de droit. L'aspect physique n'est pas toujours neutre dans la lutte pour le pouvoir, le prestige ou l'argent. Les femmes le savent bien, elles qui disposent rarement des autres armes masculines. A l'instar des animaux, telles peuplades choisissent leurs chefs parmi les mâles les plus musclés ou les plus rapides, ou dotés de quelque signe physique insolite. D'une manière inattendue, la télévision a pris le relais de cette conduite archaïque : dorénavant, le charme et le sexe comptent dans la persuasion politique. Un candidat bigle ou bossu aurait probablement moins de chances d'être élu. Mais ce n'est ni une règle ni une nécessité ni, surtout, un impératif moral ! Lorsqu'on revoit les films du début de ce siècle, on est frappé par la laideur physique des politiciens, ventrus, bouffis de graisse ou malingres, qui s'agitent comiquement sur l'écran. Il ne faut pas un grand savoir historique pour découvrir que l'argument biologique est généralement un alibi, à interpréter à l'envers. Certaines familles seigneuriales prétendent expliquer leur suprématie par leur originalité biologique. Ils seraient tout désignés, par la nature et par le ciel, pour occuper leurs fonctions. Qui ne voit qu'il s'agit, d'abord, de légitimer des privilèges, en faisant appel, ensuite, aux garanties naturelles ou célestes ? Combien de dynasties eurent pour fondateur un aventurier, un ministre comploteur ou un simple brigand ! Combien d'empires trouvèrent leurs origines dans le coup de force d'un usurpateur ! La biologie a bon dos en vérité ; un dos solide précisément : faute d'arguments historiques, et moins encore moraux, elle semble une base éprouvée, irrécusable, parce que visible, « naturelle ».

La preuve : en absence d'une distinction biologique réelle, on en invente. Le sang des familles nobles est censé être bleu et les rois de France réputés guérir les écrouelles. On aurait pu aussi bien décider que les roux ou les albinos sont les meilleurs représentants de l'espèce, prédestinés à conduire les peuples : ces traits-là au moins sont bien réels. Mais personne n'a jamais osé prétendre que de la rousseur résultait une psychologie particulière, ni que cette coloration pigmentaire s'accompagnait d'une auréole d'or invisible, signifiait une âme exceptionnelle et désignait pour un destin sublime.

N'y a-t-il rien à retenir de cette fable ? Si ; le problème du mérite demeure. Nul doute que les peuples souhaitent se confier aux meilleurs et les récompensent par des biens matériels ou par des dons plus subtils. Mais le raciste souhaite exactement le contraire : il veut que les distinctions et les avantages aillent, de naissance, à quelques-uns, qui se décrètent eux-mêmes les meilleurs. Il est le champion des privilégiés, qui le sont à priori, par quelque définition biologique ou spirituelle. Or le mérite n'est pas une donnée intemporelle et abstraite. Surtout pas une donnée biologique : Hannibal était borgne, Jules César épileptique, Napoléon ulcéreux et de taille médiocre. Tous les trois possédaient une intelligence supérieure ; mais ce n'était pas leur supériorité potentielle qui a impressionné les peuples, mais sa mise en action au service d'une entreprise collective. Le mérite se... mérite, ou alors il est un privilège, en effet.

Résumons : il n'y a guère de races pures, ni de groupes biologiquement homogènes. Y en aurait-il, qu'ils ne seraient pas biologiquement supérieurs. Seraient-ils biologiquement supérieurs, ils ne seraient pas nécessairement surdoués, ni culturellement plus avancés. Le seraient-ils, qu'ils n'auraient pas un droit imprescriptible de manger plus, d'être mieux logés et de voyager dans de meilleures conditions. On peut, certes, décider qu'il en soit ainsi et l'imposer : mais la justice et l'égalité n'y trouvent précisément pas leur compte. Du reste, c'est le contraire que l'on constate communément : les inventeurs, les créateurs ne sont pas toujours les plus choyés. Bref, *le discours du raciste n'est pas assuré sur ses bases, ni cohérent dans son développement, ni justifié dans ses conclusions.*

Le racisme apparaît en somme comme un biologisme outrancier et un élitisme intéressé : or le premier est scientifiquement peu sérieux et le second ne relève pas de la science.

Il y a chez le raciste un parti pris de la permanence biologique, hérédité chez les individus, fixisme chez les espèces, que la science la plus attentive, la plus indulgente à ce type d'explications, ne suggère qu'avec prudence et toujours partiellement. La part de la biologie ne doit être ni ignorée ni minimisée ; mais les humains sont autant le produit de leur histoire particulière que de leurs legs parentaux. Milieux familiaux, éducation, traditions culturelles, contextes sociaux, événements individuels et collectifs, et même, pourquoi pas, influences climatiques : tout contribue à la physionomie originale de chacun. L'homme est le résultat de ces ensembles complexes, où concourent les patrimoines génétiques et les cultures au sens le plus large. La prétendue pureté des uns ou la causalité exclusive des autres sont des abstractions qui relèvent d'une fausse science ou d'une idéologie mystificatrice.

L'élitisme, lui, n'a rien à voir avec la science : il n'en a même pas besoin. C'est par souci de se donner une respectabilité, une caution rationnelle, qu'il se réfère aux sciences de l'homme, biologie, psychologie, sociologie, histoire. En fait, c'est un choix passionnel ou délibéré, qui ne s'avoue pas tel parce qu'il craint de n'être plus crédible. C'est aussi une conception de l'homme et des rapports humains, où le conflit est prôné et magnifié, où la victoire du plus fort est souhaitée et bénie. On comprend qu'il soit utile de convaincre les perdants de l'inéluctabilité de leur défaite. Le racisme se veut un fatalisme de la force ; il n'est en aucun cas un choix éthique.

Non, vraiment, il n'y a rien à retenir du discours raciste, ni pour la raison ni pour la morale.

En avons-nous fini ? On voudrait le croire et on devrait le constater. Or, avons-nous dit, il n'en est rien. Les savants continuent désespérément à démontrer l'inanité du racisme, en soulignant la fragilité de ses hypothèses et l'illégitimité de ses ambitions. Les militants antiracistes continuent à dépenser des trésors d'ingéniosité dialectique pour combattre son argumentation et dénoncer l'iniquité de ses affirmations. Or le bilan reste sinistrement décourageant. Loin de disparaître, le racisme semble plus vivace que jamais, comme ces mauvaises herbes dont on ne réussit jamais à détruire les racines. Si elles s'étiolent à tel endroit, elles réapparaissent à d'autres. Pourquoi cette impuissance de tant de science et de bonnes volontés ? De cet échec, me semble-t-il, il y a deux enseignements à tirer.

A ce qu'ils pensent être un raisonnement *logique*, les savants et les militants opposent un autre raisonnement logique. Or *le racisme n'est pas seulement de l'ordre de la raison*[a] ; son sens véritable ne réside pas dans sa cohérence apparente. C'est un discours, efficace et naïf à la fois, commandé et sous-tendu, dans sa genèse et sa finalité, par autre chose que lui-même. Pour comprendre le racisme, il faut se demander à quoi tend ce discours et où il prend naissance. Il s'ensuit également que *le racisme n'est pas une théorie mais une pseudo-théorie*. Il faut en finir avec cette appellation non contrôlée. D'évidence il s'agit d'une projection, mythique et rationalisante, à partir d'une expérience vécue.

Conséquence pratique enfin : si l'on veut agir sur lui, il ne suffit pas de dénoncer l'incohérence rationnelle d'une entreprise, si manifestement dépourvue de raison, ni de moquer la prétention à la philosophie d'une démarche si peu propice à la sagesse. Il ne suffit pas de réfuter l'argumentation formelle du racisme, il faut mettre à nu l'ensemble d'émotions et de convictions qui ordonne son discours et commande ses conduites. Il faut d'abord décrire cette expérience, pour y découvrir le mécanisme mental qui en est issu, afin de mettre au point une technique d'action appropriée.

2

L'OBSERVATION

LE RACISME
EST UNE EXPÉRIENCE VÉCUE

Cependant, cet optimisme pragmatique ne doit pas faire illusion. On combat plus facilement un argument qu'une émotion ; on réfute plus aisément un discours qu'une expérience. Que le racisme trouve sa genèse et son aliment dans une expérience courante ne doit pas rassurer. Son opacité, sa ténacité sont augmentées au contraire par la banalité de ses origines. Effrayés, je suppose, par cette généralité du racisme, certains m'ont reproché l'extension de ma définition[1]. J'y reviendrai plus loin ; en attendant, je dois malheureusement la réaffirmer : tout compte fait, je continue à

---

1. Quelques auteurs, dont Maxime Rodinson, François de Fontette, ont reproché à ma définition d'être trop large : « la définition classique du racisme par Albert Memmi... présente l'inconvénient de n'être pas tout à fait assez limitative ». C'est ne pas voir qu'il est impossible de comprendre cet aspect limitatif si on ne le replace dans un mécanisme très général. D'autre part, ma distinction entre racisme et hétérophobie[a] permet de répondre précisément à cette dualité entre un sens strict et un sens large (voir « Notes et repères bibliographiques », p. 235).

penser que cette expérience est commune, et importante par sa précocité même, car elle pèse d'autant plus lourdement sur la sensibilité de chacun. Significative aussi probablement de toute condition humaine, et peut-être animale : *chaque fois qu'un individu se trouve en contact avec un autre individu, ou un groupe différent ou mal connu de lui, il peut réagir d'une manière qui annonce le racisme.*

Ce constat est troublant, sinon décourageant. Que répondre alors au raciste ? On peut l'entendre ricaner : pourquoi l'accuser lui particulièrement si le mal est si répandu ? Alors, nous serions tous, et toujours, racistes ? Non, pas exactement. Nous sommes presque tous *tentés* par le racisme, oui. Il y a en nous un terrain préparé pour recevoir et faire germer les semences du racisme, pour peu que nous n'y prenions garde. Nous risquons de nous conduire en racistes chaque fois que nous nous croyons menacés, dans nos privilèges, nos biens ou notre sécurité. Nous nous conduisons en racistes pour rétablir un équilibre que nous croyons perdu ou en voie de l'être. La tentation est fréquente en effet, et le racisme est assurément l'une des réponses les plus répandues du monde humain. A nous de ne pas y succomber ; d'exorciser la peur, d'analyser la menace, le plus souvent illusoire, de nous défendre autrement que par la fabulation destructrice de l'autre. Mais on ne gagnera rien, il est vrai, à fermer les yeux sur cet aspect du réel humain. C'est, au contraire, en en faisant l'inventaire exact que nous pouvons espérer réussir.

J'ai vécu, jusqu'à la fin de mon adolescence, dans un pays où régnait un climat de profonde méfiance réciproque, pour ne pas dire plus, entre des populations pourtant réputées parmi les plus affables de la terre, et sous un climat prédisposant au commerce humain. Seulement, nous étions de religions, de langues et de mœurs plus ou moins différentes et d'intérêts plus ou moins opposés. Résultat : chacun ressentait à l'égard de tous, outre quelque sentiment positif, né d'un long voisinage, suspicion, crainte et hostilité, lesquelles se manifestaient à chaque geste, à chaque phrase, éclataient quelquefois en paroxysmes, dont pâtissaient les plus faibles ou les moins armés. Plus tard, lorsque j'ai gagné la France, et l'Europe, je n'y ai guère trouvé de quoi démentir ce fâcheux enseignement. Certes, des populations plus homogènes, des lois plus égalitaires, l'habitude de la démocratie ont heureusement rendu plus feutrés les refus réciproques, ce qui constitue un grand progrès. Mais un mépris, craintif ou ironique, de tout étranger, un quant-à-soi barricadé, une hospitalité quasi nulle, le goût du secret, le brouillage systématique des pistes jusqu'à l'absence d'indication sur les portes et dans les annuaires, rendus souvent inutilisables, un chauvinisme toujours renaissant, à l'occasion d'événements dérisoires, une compétition sportive ou une chanson, révèlent que la peur agressive d'autrui est toujours latente. Et il suffit que les barrières, légales ou morales, s'estompent, ou que renaissent des difficultés économiques, des menaces internationales, pour que la bête tapie en chacun montre son museau et se mette à esquisser les habituels gestes criminels : mises en quarantaine, exclusions, appels au meurtre, expéditions punitives, destruction d'objets et de lieux symboliques. On a vu éclore en temps de guerre une hostilité spontanée, même contre des réfugiés nationaux, les malheureux Alsaciens-Lorrains traités une fois de plus de boches, ou même les Parisiens repliés sur le Midi. En quelques années de séjour en France, j'ai constaté la suspicion anxieuse contre les Gitans, la condescendance hostile envers les travailleurs immigrés, le racisme antiarabe, ponctué par des violences et des assassinats, les réveils antisémites périodiques, avec incendies de synagogues et saccages de cimetières. On se souvient de la fameuse « rumeur d'Orléans », cette surprenante accusation de viols en série, prétendument organisés par des commerçants juifs sur leurs clientes chloroformées. On a vu naguère des attentats meurtriers à la bombe contre des institutions juives et des foyers d'étudiants[a].

Naturellement, il ne s'agit pas de tous les Français : je ne vais pas tomber, à mon tour, dans la globalisation et les stéréotypes. Et bien que tous les groupes, toutes les classes, toutes les ethnies fournissent leur contingent de racistes. Même à gauche, il existe une tradition antisémite ; on connaît la phrase de Toussenel « l'antisémitisme est le socialisme des imbéciles » : imbéciles ou pas, il existe des gens qui se veulent en même temps socialistes et antisémites ; il faut bien en tenir compte, surtout quand on en est la victime. Du reste, il n'y a pas que la France ; aucun pays européen n'est totalement guéri de ces vieux cauchemars. L'Angleterre avait la réputation d'être la terre d'asile par excellence : il a suffi que les immigrants fussent exotiques, et assez nombreux, pour que les Anglais se révèlent atteints de l'obsession commune. On a poursuivi des Hindous et des Noirs dans les rues de Londres. Nulle part dans le monde, enfin, la braise n'est totalement éteinte, si elle doit s'éteindre un jour. Faut-il rappeler l'extraordinaire négrophobie, viscérale, irraisonnée, des Américains du Nord, l'apartheid des Africains du Sud, les haines interethniques des Brésiliens, l'antisémitisme argentin ? Les pays communistes ont inventé de ne pas nommer le mal abject pour s'en prétendre indemnes : le racisme est interdit par la constitution : il suffisait d'y penser !

Ce n'est là, je le répète, qu'un aspect de la vie collective. Le positif existe aussi, et l'emporte, puisque cette vie est possible. Le fonctionnement de toute société suppose une *dépendance réciproque*[1] entre ses membres. Mais la peur, l'hostilité et l'agression sont également présentes dans le commerce entre les hommes. A l'égard d'autrui, il y a en chacun de nous des réactions positives et des réactions négatives. *Le racisme est l'expression d'un raté de la relation à autrui*, mais c'est un raté, en quelque sorte, coutumier. Interrogez des gens au hasard : que ressentent-ils au contact d'un étranger ? D'abord de la méfiance, sinon de la répulsion et de la peur. L'étranger est cette plante insolite, rencontrée au détour du chemin, dont le parfum même peut être vénéneux. L'apparition de l'étranger, fût-il proche, provoque un hérissement, une mise en garde, plus ou moins grande selon la distance des appartenances respectives. La rencontre avec des Martiens, fussent-ils inoffensifs, susciterait des angoisses et des paniques. Tout se passe comme s'il existait, en même temps que de l'attirance, une allergie à autrui ; dans allergie, n'y a-t-il pas *allas*, qui signifie autre en grec, et *ergon* qui signifie réaction ?

Il faut bien l'admettre, enfin, *la différence inquiète* ;

---

1. Voir A. Memmi, *La dépendance*, Gallimard, 1979.

parce que la différence, c'est de l'inconnu, et que l'inconnu semble gros de menaces. La différence inquiète même si, quelquefois, elle séduit. La séduction n'est d'ailleurs pas contradictoire avec le piquant de l'appréhension. Certes l'attrait de l'inconnu, le goût des voyages et de l'exotisme, des échanges culturels ou commerciaux, reposent sur cette agréable curiosité ; l'« inquiétante étrangeté » entre comme ingrédient dans cette jouissance particulière. Disons que, dans le meilleur des cas, on ne peut dissocier l'ombre de la lumière.

On pourrait penser, par exemple, que la relation parentale ou la relation amoureuse sont ce qu'il y a de plus positivement pur chez les humains. Rien n'est moins vrai et pourtant ! Les fantasmes de mise à mort des enfants sont trop fréquents dans les différentes cultures : le dieu Chronos dévorait ses enfants, Agamemnon promet l'immolation de sa fille en échange de vents favorables, Abraham consent à égorger son fils, lequel n'est sauvé *in extremis* que par l'intervention divine, des premiers-nés sont exterminés lors de l'épisode égyptien, pour ne pas parler des milliers de petits squelettes calcinés des tombeaux puniques, qui attestent que l'appétit de Baal n'était pas un mythe sans conséquence ; le Christ, enfin, n'est-il pas un fils effectivement sacrifié ? Et pourquoi ne pas reconnaître que nous envoyons, nous-mêmes, à la mort, nos jeunes gens dès que « la patrie est en danger » ? La relation amoureuse n'est pas exempte non plus de cruauté. Nul doute que les fantasmes masculins à l'égard de la femme sont souvent agressifs, jusqu'au meurtre. Les rêves, la clinique et les œuvres culturelles sont pleins de viols et du sang des femmes déchirées et massacrées. Le principal intérêt de l'affreux Sade est d'avoir révélé crûment ces honteux secrets. Une telle obstination destructrice relève sans doute de l'effroi de l'homme devant la femme. Certes, la relation amoureuse est, en même temps, l'une des plus riches et des plus positives. Il demeure que l'homme connaît mal la femme et qu'il la comprend mal parce qu'elle est différente de lui. Biologiquement déjà, la femme est une étrangère, sinon un monstre biologique, avec des excroissances sur la poitrine et un trou au bas du ventre à la place du sexe. C'est un monstre familier et attirant, fascinant quelquefois à la manière des chats, mais toujours étrange. La défloraison nécessaire de la femelle vierge est un acte violent et bouleversant. Au-delà du plaisir, on comprend que nombre d'hommes y contractent une culpabilité, qui vient alimenter encore leur agressivité naturelle, indispensable à l'accomplissement d'une tâche exigée par l'espèce. Les relations de l'homme à la femme ne se limitent d'ailleurs pas à la femelle ; il a eu également une mère. On ne veut voir que l'aspect pourvoyeur de la maternité, mais la mère est également redoutable, ne fût-ce que pour des raisons pédagogiques. La peur et le ressentiment, là encore, ne sont pas loin. (Finissant d'écrire ces lignes, je m'aperçois avec contrition, que j'ai décrit la relation homme-femme uniquement vue par l'homme ! C.Q.F.D. Bien entendu, il faut compléter le tableau par l'autre perspective : comment sont vécues, par les femmes, les différences anatomiques ? La menace du viol toujours à l'horizon féminin !...)

Naturellement, rappelons-le, tout cela n'est pas exactement du racisme. *Le racisme ne commence* qu'avec l'interprétation des différences ; à partir desquelles on fabule et, quelquefois, on attaque. Si l'interprétation est favorable, le rêve agréable, il n'y a pas d'agression ; mais, *agréable ou désagréable, il faut en convenir, la différence n'est pas neutre.*

Il y a peu, le maire d'une station balnéaire prétendit interdire le séjour de sa plage aux handicapés mentaux, en expliquant que cela faisait fuir les autres estivants. Cela souleva un scandale justifié : il n'avait pas le droit d'exclure telle ou telle catégorie de la population des joies du soleil et de la mer. Mais s'il avait moralement tort, cet honorable édile avait exprimé un sentiment commun : les différences physiques ou psychologiques, la maladie somatique ou mentale, peuvent donner une impression de malaise qui va jusqu'à l'angoisse, même chez des professionnels, soignants ou éducateurs spécialisés ; même si l'on répugne à l'avouer. C'est un fait constatable ; on connaît cette petite expérience : faites danser, devant un chien, une bobine maintenue en l'air par un fil de nylon invisible : l'animal, dont la vue est d'ailleurs médiocre, manifeste la plus grande inquiétude devant un phénomène inconnu de lui.

UNE EXPÉRIENCE COMMUNE

Le racisme est d'abord une expérience vécue : c'est aussi une expérience commune, très largement partagée ; avant d'être utilisée comme une machine idéale à détruire autrui. Les colonisateurs sont fréquemment racistes, oui, mais les colonisés aussi. Nul manichéisme n'est ici possible : le péché est aussi commis spontanément par les victimes. Le raciste moyen, petit colonisateur, « petit-blanc » ou métropolitain de médiocre culture, n'a pas besoin de lire Gobineau ou *Mein Kampf* pour mépriser « l'indigène », le Juif ou l'immigré. Les colonisés ou les minoritaires n'avaient pas besoin, pour être xénophobes, de livres de références ou de leurs textes traditionnels, lesquels leur conseillaient plutôt de respecter l'étranger. Il est facile de reconnaître les erreurs des autres, surtout s'ils ont le tort, en outre, d'être puissants, redoutables et privilégiés. Ce l'est moins de les avouer en soi-même et chez les siens, surtout s'ils sont des victimes. Doit-on ajouter à leurs misères ? Il le faut pourtant : cette confession est le préalable au remède, s'il existe. Blancs, Noirs ou Jaunes, Arabes, Juifs ou Indiens, membres de clans africains, de tribus asiatiques, de communautés diverses, ce racisme diffus, nous le trouvions, tous, autour de nous, en naissant ; nous l'ingurgitions avec nos premières galettes ou nos premiers beignets à l'huile. Les discours argumenteurs, les explications et les réfutations viennent après, pour ordonner, donner forme à ces nuages délétères. En Tunisie, Français, Italiens, Maltais, Grecs, Espagnols, Turcs, Russes blancs mais aussi Tunisiens musulmans et Tunisiens juifs, nous avions chacun nos racistes, plus ou moins déclarés. A des degrés divers, chacun à sa façon, avec des arguments divers, et souvent contradictoires, nous nous suspections tous, nous refusions tous les autres, les condamnant d'avance, parce qu'ils étaient eux et que nous étions nous. C'était une inclination commune et réciproque, faite le plus souvent d'impuissance et de volonté de puissance. Dominant, le métropolitain des colonies avait littéralement besoin d'être raciste pour légitimer sa prépondérance. Pour continuer à vivre de cette manière, hors de laquelle il ne s'imaginait même plus, il lui fallait rabaisser ses partenaires malheureux de la relation coloniale[1]. Par appréhension aussi, celle de tout minoritaire, même protégé par la police et l'armée et conforté par une Métropole omniprésente. Le racisme des Blancs sud-africains contient ces deux éléments : autojustification, par l'accusation d'autrui, exorcisme de la peur d'autrui par l'affirmation de soi. Mais les dominés avaient aussi leur propre racisme, non tellement à l'égard des Européens, qui les fascinaient, mais envers d'autres groupes, plus vulnérables qu'eux-mêmes ; sur lesquels ils pouvaient exercer, à leur tour, le même mouvement compensatoire : les Juifs, par exemple, qui le leur rendaient bien, puisqu'ils avaient eux-mêmes besoin de se revancher d'un sort aussi ingrat. Les Siciliens, les Maltais...

UNE EXPÉRIENCE SOCIALISÉE

Il en résulte enfin que *le racisme ne devient exactement tel que dans un contexte social.* On peut, et on doit, mettre en lumière les mécanismes communs aux conduites de refus, mais c'est là un effort second. Le racisme n'est ni de l'émotion pure ni un pur concept, résultat abstrait de l'analyse. Concrètement vécu, il est une relation entre deux individus particuliers engagés

1. Voir A. Memmi, *Portrait du colonisé*, précédé du *Portrait du colonisateur*, Gallimard, 1985 (1ʳᵉ édition, 1957).

dans un duo destructeur, qui relèvent, chacun, d'un univers particulier. Bien qu'il se prétende une vision totalement négative d'autrui, tel qu'il apparaît à travers le brouillard déformant des préjugés, le racisme est, tout de même, une expérience d'autrui, avec ses troubles richesses. Il est, simultanément, un conflit entre deux appartenances, qui fournissent les médiations et les généralisations, les images et les arguments qui soutiennent et confortent les alibis et les mythes. *Le racisme est en somme une donnée culturelle*, sociale et historique.

Pour moi, je le rencontrai d'abord dans le contexte colonial. D'une certaine manière, ce fut une chance, au sens où l'on parle d'une jolie plaie, d'une franche tumeur, où le grossissement permet de mieux saisir l'essentiel de la maladie. J'ai pu rencontrer le racisme à chaque pas, bien évident et sans fard. Cela m'a contraint à des choix sans équivoque. Cette familiarité précoce et qui ne s'est plus démentie, ne pouvait pas être sans conséquence non plus sur mes élaborations ultérieures. Le héros de mon premier livre, un roman, découvre le racisme et la xénophobie depuis son enfance, dans la rue, à l'école, dans les institutions et jusque dans les journaux et les représentations collectives. Le livre baigne dans cette atmosphère diffuse, ponctuée par des scènes paroxystiques. Et lorsque je passai à des travaux plus réfléchis, il me parut nécessaire d'élucider un phénomène si fréquent et si général.

RACISME ET COLONISATION

Peut-être me suis-je trop étendu sur la genèse, plus ou moins consciente, du racisme. Je pense, il est vrai, que l'expérience vécue est la pierre de touche, un filtre et une garantie, dans le va-et-vient de la raison entre les faits du départ et ceux de l'arrivée ; que rien ne remplace la sensibilité dans l'intuition du réel. Mais je soutiens aussi que la mise en ordre rationnelle est au moins aussi nécessaire. J'ai eu beau avoir vécu le racisme quotidien, chez l'épicier, sur le chemin de l'école, au lycée, il a fallu l'urgence harcelante d'une crise historique pour que je tente d'en saisir les mécanismes explicatifs. Ce n'était encore, je le reconnais, qu'une expérience particulière, dans un pays particulier — on me l'a reproché à propos de mes premiers textes sur la colonisation. Mais je n'y vois pas de contradictions : il n'y a que des cas particuliers, qu'il faut expliciter, comparer et conduire jusqu'à l'interprétation générale : disons que toute expérience est particulière mais que la science commence avec la comparaison.

En tout cas, rentré en Tunisie au début des événements qui devaient aboutir à l'indépendance de ce pays, je vécus un drame. J'avais des affections et des amitiés dans les deux camps ; les colonisateurs et les colonisés n'étaient pas des figures théoriques, mais des hommes et des femmes que je côtoyais journellement, des parents, des collègues... et moi-même ! J'eus l'insatiable besoin de comprendre, sinon d'approuver, les uns et les autres. Je me proposai de dresser un double portrait aussi fidèle que possible. Le résultat en fut un livre, *Portrait du colonisateur*, précédé du *Portrait du colonisé*[1]. Il en ressortait, entre autres, à quel point nous étions liés les uns aux autres ; de sorte que les traits et les conduites de chacun retentissaient sur ceux des autres. Bref, qu'il existait une relation coloniale, où chacun était nécessairement impliqué. Or je découvris, au cours de cette description méthodique, que le racisme était l'une des dimensions inévitables de cette relation.

La remarque s'imposait d'autant plus que j'avais gommé toute couleur locale, tout pittoresque psychologique, pour mieux tracer les lignes structurelles de la colonisation : le racisme faisait indéniablement partie de l'épure la plus simplifiée. Sans doute, en colonie comme ailleurs, le racisme ne se limitait pas au colonisateur. J'avais d'ailleurs suggéré, d'une manière moins appuyée, le racisme des autres populations. Mais le racisme des Arabes, des Juifs ou des Maltais n'était pas consubstantiellement lié à la relation coloniale ; il relevait d'autres causes, sur lesquelles je devais revenir. Tandis que le colonisateur *comme tel* est presque toujours raciste. Ce n'est pas le lieu de rappeler les distinctions que j'ai faites entre les différentes catégories de colonisateurs, et la bonne volonté évidente de certains d'entre eux. Je confirme, cependant, qu'il n'existe guère de relation coloniale d'où le racisme soit totalement absent, et non intimement lié à cette relation. Il me paraît encore légitime de conclure que *le racisme illustre, résume et symbolise la relation coloniale.*

1. *Op. cit.*

Dans ce même livre déjà, j'en proposai donc une analyse en trois points :

Le racisme consiste en une mise en relief de *différences* ; en une *valorisation* de ces différences ; enfin, en une utilisation de cette valorisation *au profit* de l'accusateur. Je le notai déjà cependant : aucune de ces démarches, seule, ne suffit à constituer le racisme. Beaucoup de malentendus, et d'inutiles culpabilités, en un domaine qui en est riche, seraient évités si l'on gardait en mémoire leur nécessaire conjonction.

Insister sur une différence, biologique ou autre, n'est pas du racisme ; même si cette différence est douteuse. Mettre en relief une différence, lorsqu'elle n'existe pas, n'est pas un crime ; c'est une erreur ou une sottise. Mettre en lumière une différence, lorsqu'elle existe, est encore moins répréhensible. On a même le droit de penser que c'est légitime ; après tout, la curiosité est l'antichambre du savoir. L'examen des différences entre les hommes est l'objet même de la science anthropologique. Cette discipline se divise en anthropologie biologique et en anthropologie sociale : on y retrouve bien la distinction entre différences biologiques et différences culturelles. La psychologie et la sociologie progressent autant par l'étude des ressemblances que des différences. Faut-il soupçonner de racisme tous les chercheurs en sciences de l'homme ? Bref, *le constat d'une différence n'est pas du racisme, c'est un constat*. Mais ce constat peut être utilisé pour une agression raciste. Le trait différentiel ne peut justifier à lui seul une accusation ; il ne prend une signification dévergondée que replacé, au contraire, dans une argumentation raciste.

Valoriser une différence à notre avantage n'est même pas, encore, la preuve suffisante d'une mentalité raciste. Reconnaissons d'ailleurs que c'est une tendance bien commune, si elle est souvent injustifiée et d'une ridicule vanité. Notre erreur vient de ce que nous considérons ces différences hors de leur contexte, ce qui augmente notre étonnement et notre malaise, et nous amène à préférer nos propres traits et habitudes. Un ami rentre d'un voyage au cœur de l'Afrique noire. Il me raconte sa surprise et son trouble devant telle ou telle conduite des habitants, qui lui paraissent totalement incompréhensibles. Heureusement qu'en homme scrupuleux, et méfiant à l'égard de lui-même, il se dit que deux hypothèses sont possibles : soit que ces gens sont d'une autre « race », sous-entendu inférieure, soit qu'il n'a pas su interpréter leurs conduites, parce qu'il manquait d'informations sur l'ensemble de leurs traditions et de leur vie. La première interprétation va dans le sens du racisme, car elle infériorise les Noirs, et avantage les Blancs ; la seconde, non. Mais, dans les deux cas, reste l'étonnement, l'étrangeté et, pourquoi pas, le droit pour chacun de préférer, tout compte fait, vivre à sa manière, simplement parce qu'il y est accoutumé. On a le droit de préférer les yeux noirs aux yeux bleus, les cheveux lisses aux crépus, telle forme de nez à une autre. Ce serait une mauvaise querelle, et d'avance perdue, ou génératrice d'hypocrisie, que de prétendre imposer un canon esthétique ou érotique. Ce serait un racisme à rebours. Nous avons tous, au-dedans de nous, des modèles qui nous viennent de notre enfance, reflets des premiers êtres qui se sont penchés sur notre berceau, père, mère et familiers. Nul doute que nos expériences les plus précoces ont une influence décisive sur nos goûts, nos attirances et nos répulsions. Rien n'y est simple d'ailleurs : tel préfère les blondes, par fidélité au modèle maternel, mais tel préfère les brunes par opposition à la blondeur de sa mère, comme tel fils de famille catholique devient communiste ou franc-maçon pour contrer la leçon paternelle. Il n'y a rien là d'outrancier et qu'il faille combattre; rien qui doive culpabiliser, même s'il vaut mieux tenter de faire la lumière en soi-même.

On ne devient exactement raciste, enfin, que par le troisième point : l'utilisation de la différence contre autrui, et afin de trouver profit dans cette stigmatisation. Affirmer, à tort ou à raison, que tel peuple colonisé est technologiquement inférieur à un autre n'est même pas encore du racisme. Cela se discute et doit être démontré ou infirmé. Mais les colonisateurs ne se sont pas contentés de ce constat ou de cette erreur : ils en ont conclu qu'ils pouvaient, et devaient, *dominer* le colonisé; et ils l'ont fait. Ils ont expliqué, légitimé leur présence en colonie par les carences du colonisé. C'est tout juste s'il ne fallait pas les remercier de s'être dérangés et dévoués au salut de frères inférieurs. S'il n'y avait pas eu cette utilisation intéressée, la colonisation aurait été, peut-être, une entreprise philanthropique, mais elle fut surtout un système de rapines.

Ces trois points, je le répète, forment un tout; et, surtout, l'argumentation raciste doit être interprétée en fonction de sa conclusion, qui oriente les prémisses. Dans le cadre de la colonisation, en tout cas, c'était d'une évidence aveuglante : toute la machine, sans vergogne et clairement déployée, ou chuchoteuse et allusive, fonctionnant par bribes, produisant des mots ou des gestes, des textes administratifs et des conduites politiques officielles, avait la même indéniable finalité : la légitimation, la consolidation du pouvoir et des privilèges des colonisateurs.

3

L'INTERPRÉTATION

RACISME ET DIFFÉRENCE

Ceci noté, il reste que la *différence*[1] *est le pivot de la démarche raciste*. Cette notion est aujourd'hui à la mode : le « droit à la différence » est devenu un étendard pour de nombreuses batailles revendicatrices. Ce qui ne simplifie pas le débat, à cause des adhérences qui ont foisonné autour, et des excès, quelquefois ridicules. Ne propose-t-on pas dans certaines campagnes publicitaires de « goûter la différence », de vous offrir « plus de différence » ? La différence devient une vertu en soi, la qualité principale d'une eau minérale ou d'une voiture, en l'occurrence une teneur en gaz carbonique ou quelque gadget. Plus gravement, sous couvert de « droit à la différence » n'arrive-t-on pas à glorifier les traits ethniques les plus rétrogrades, sinon les plus nocifs pour les membres mêmes du groupe, comme l'excision ou telle pratique magique désastreuse pour la santé ?

---

1. Par *différence* j'entends, bien entendu, les traits différentiels et non leur substantification ; en tout état de cause mieux vaut employer le pluriel ; *différences* (note de 1994).

Doit-on vraiment choisir entre un « différentialisme », qui proclame que tout est excellent et doit être protégé dans une tradition culturelle, et la condamnation de tout particularisme[1] ? Etant l'un des responsables de cette promotion de la différence[2], je voudrais toutefois dissiper un malentendu. S'il fallait me résumer, je rappellerais encore que ce n'est pas tant la différence qui est importante que la *signification* qu'on lui donne ; ou alors, par une ironie de l'histoire, on rejoindrait les gens que l'on voulait combattre, les traditionalistes les plus figés, sinon la droite la plus pernicieuse. Or, on peut faire l'histoire de la notion de différence ; on verrait alors aisément que son importance varie, et dans le même groupe selon les aléas de sa destinée ; depuis une considération distraite jusqu'à une affirmation exaspérée, sinon glorieuse ; et l'inverse, dans un mouvement de balancier. Son importance est toujours clairement liée à la signification qu'on a besoin de lui donner à tel ou tel moment. On retrouve le même processus dans la vie de nombreux individus, qui tantôt se sentent étroitement concernés par leur groupe, tantôt prennent leurs distances, insistant sur ce qui les en sépare.

Lorsque j'ai commencé à réfléchir sur ces questions, la différence n'avait pas bonne presse, je veux dire dans nos milieux, disons, en gros, anticolonialistes et antiracistes. Au contraire, elle était prisée et défendue par les conservateurs et les partisans de la colonisation. Les raisons des uns et des autres semblaient claires (là aussi la roue de l'Histoire a bougé). Nous

1. Voir A. Memmi, *A contre-courants*, éd. Le Nouvel Objet, 1993.
2. Voir A. Memmi, *Portrait d'un Juif*, Gallimard, 1962.

jugions suspecte l'insistance sur les différences, et pour cause : elle précédait toutes les accusations et préparait toutes les iniquités. Les conservateurs, en défendant un ordre social prétendument fondé sur un ordre naturel, faisaient coup double : les différences, ainsi affirmées, étaient en outre en leur faveur. Considérant et traitant les colonisés en sous-hommes, les colonisateurs affirmaient du même coup leur propre surhumanité. La différence signifiait ainsi l'inégalité. L'inégalité biologique et culturelle conduisant à l'inégalité économique et politique, c'est-à-dire à la domination, ils pouvaient agir à leur guise, c'est-à-dire à leur profit. Les mêmes mécanismes jouent contre les Noirs, ou les femmes, en faveur des Blancs ou des hommes. Il serait dommageable — même pour eux-mêmes ! — de confier des fonctions d'autorité à des Noirs, parce que ce serait contraire à leur nature biologique et culturelle : il faut les confier exclusivement aux Blancs, qui en feront un usage adéquat, même dans l'intérêt des « indigènes ». Idem pour les femmes : elles doivent être protégées, même contre elles-mêmes. La légitimité des hommes et des Blancs est ainsi fondée sur l'illégitimité des femmes et des Noirs. Avec des nuances, même mécanisme à l'égard des Juifs : la réussite d'un Juif, économique ou politique, serait un désastre pour tout le monde, y compris les Juifs. Mieux vaut l'éviter, dans l'intérêt général.

Dans l'autre camp, le nôtre, on tenait fermement à la similitude des hommes. Cela s'appuyait même sur une métaphysique laïque : il existerait une nature humaine unique à travers l'espace et le temps. La similitude conduisait logiquement à l'égalité *naturelle* : « Les hommes naissent libres et égaux. » « En droits », ajoutait, il est vrai, le législateur révolutionnaire : la précision est importante, mais on ne s'en avisait guère. L'égalité naturelle devait imposer l'égalité sociale. La domination, « l'exploitation, de l'homme par l'homme », était donc un abus, qui devait être fermement combattu.

Or, si le raisonnement de nos ennemis me scandalisait, quelque chose me troublait dans celui de mes amis. Ils affirmaient que les différences n'existaient pas : à partir de là, tout devenait cohérent : les hommes étant semblables, rien ne pouvait expliquer l'inégalité sociale, sinon la violence et l'injustice. Cette généreuse *myopie jacobine* s'explique par l'histoire de la nation française, qui dut, pour se constituer, lutter durement, avec d'affreux excès quelquefois, contre les particularismes des provinces. Mais de là à nier le réel ! Mais s'ils se trompaient dans leurs prémisses ? Si la différence existait, que deviendrait leur argumentation et, de fil en aiguille, toute notre philosophie sociale ? Serions-nous obligés de nous rallier à celle de nos adversaires, de nous résigner à leur ordre inique, colonialiste, raciste et machiste ? (On n'employait pas encore ce dernier mot.) La conclusion nous paraissait impensable, elle aurait été pourtant logique. Si on voulait l'éviter, il n'y avait qu'un moyen : revoir sérieusement les prémisses. Après tout, cette affaire ne dépendait pas de l'opinion, mais du savoir : oui ou non, pour la science, les différences biologiques, et les autres, existaient-elles ? Poser, *a priori*, que les hommes sont semblables ou différents, relève de l'intérêt et de la tactique, ou de la passion. Seuls les faits peuvent donner tort, décisivement, à l'un ou à l'autre ; ou, plus embarrassant encore, tantôt à l'un tantôt à l'autre : des différences peuvent exister dans certains cas, et pas dans tous.

Il faut y insister ; j'ai assez montré que des traits différentiels peuvent être largement idéels, surestimés ou carrément inventés, plaqués sur la victime-accusée du racisme, pour ne pas devoir rappeler sans risque de malentendu qu'ils peuvent être réels et objectifs. Cela est évident dans le cas des Noirs (qui le font eux-mêmes remarquer), des femmes ou même des jeunes gens par rapport aux adultes, ou encore des immigrés, de plus en plus nombreux en Europe occidentale, culturellement différents et qui peuvent, pour cela, poser quelques problèmes à leur voisinage. La négation des traits différentiels n'est évidemment pas sans signification psychologique et sociologique.

Une variante curieuse, presque amusante, de ce gommage systématique des différences se retrouve dans l'interprétation du racisme chez certains psychanalystes contemporains[a]. Ils veulent bien admettre que le racisme s'édifie, à partir de l'hétérophobie, sur la crainte du différent, donc de l'inconnu ; mais, se demandent-ils aussitôt, quel est cet inconnu ? C'est, affirment-ils, notre propre inconscient, qui nous effraie parce qu'il nous semble étrange, et que nous projetons ensuite sur autrui. On voit ici les bénéfices de l'opération : la négation de l'objectivité des traits différentiels permet de rester dans le cadre de la théorie analytique ; comme elle permet aux jacobins de sauver leur philosophie de la nation prétendument homogène.

Certes nos angoisses sont aussi fonction de nos propres dispositions à l'égard des dangers extérieurs ; c'est pourquoi une même épreuve, une même agression n'apparaît pas de la même gravité à tous; chacun y répond avec sa propre personnalité, donc avec son propre inconscient. Mais en réduisant le racisme et l'hétérophobie à ces seules dispositions, on en laisse échapper la spécificité et les variétés, lesquelles dépendent tout de même de l'objet extérieur, et de ses variétés. Contre certaines interprétations, j'ai soutenu que l'antisémitisme est bien une variété du racisme, mais il ne coïncide pas pour autant avec les autres variétés, dont chacune possède ses caractéristiques. Le racisme, construction pseudo-conceptuelle à partir de l'hétérophobie, doit beaucoup aux données sociales et culturelles environnantes, par exemple à l'image du Juif ou de la femme dans la littérature et la tradition religieuse. L'hétérophobie, diffuse en chacun, s'actualise, prend forme à l'occasion d'une menace potentielle d'un autrui qui n'est pas toujours fantasmatique mais bel et bien réel et réellement différent, et quelquefois réellement dangereux. Tirer le premier dans les westerns ou dans le désert n'est pas toujours absurde ou folklorique.

On peut même admettre que, dans le travail de la cure, le psychanalyste s'intéresse principalement à ce qui se passe dans l'imaginaire de son patient; le plus important étant en effet la manière dont le sujet vit les événements, plus que leur exacte véracité. Mais il serait dommageable, pour la conduite même de la cure, que le praticien ne sache pas, lui, faire la part du réel et de l'imaginaire. Un ami, pris dans un embouteillage, arrive très en retard à sa séance ; il s'excuse auprès de son analyste, lequel lui déclare fermement : « L'embouteillage est dans votre tête. » C'est l'interprétation même qui est ainsi atteinte par le refus de considérer également le réel extérieur au sujet.

On aboutit à un abus méthodologique désastreux à la fois pour le traitement, pour la théorie analytique et plus généralement pour la compréhension du réel humain. Car s'il est légitime que la psychanalyse propose son propre éclairage, qui doit s'ajouter aux autres, elle ne saurait prétendre à une exhaustivité dans l'interprétation. On connaît l'amusante définition de l'avion formulée par Marie Bonaparte : c'est un symbole phallique qui sert à voyager. Il fallait la liberté d'esprit de cette grande dame de la psychanalyse pour oser rappeler que la préférence accordée au symbolisme sexuel ne doit pas exclure la dimension objective, fonctionnelle des êtres, des choses et des événements.

Bref, je le découvris bientôt avec étonnement : les deux partis avaient tort, nos adversaires et mes amis. Au fond, ils supposaient, tous les deux, qu'*il était mal d'être différent* ; c'est que tous les deux sous-entendaient, implicitement ou explicitement, qu'il existait un modèle, et que ce bon modèle était incarné par le dominant. Pour les uns, comme pour les autres, être différent signifiait, en somme, être différent du dominant. Même l'instituteur, laïc et républicain, dévoué à ses élèves « indigènes », se croyait investi d'une mission : former des petits Français à sa propre image, celle de la civilisation, des bonnes mœurs, du goût et du bien parler... français. Plus tard, en arrivant en « Métropole » je constatai que ce même instituteur, joyau de la démocratie jacobine, pouvait avoir une attitude semblable à l'égard des paysans de son pays ou même des Bretons ou des Alsaciens. Ce qui n'est presque pas une autre histoire. De notre côté, nous devions tout faire docilement pour ressembler à nos maîtres ; ce à quoi, d'ailleurs, nous consentions, même au prix d'un lessivage à mort de nos âmes. (Et voici d'ailleurs que cela recommence. On retrouve aujourd'hui cette même exigence face à l'intégration des immigrés : ou plus exactement l'exigence de rapidité avec laquelle on veut qu'elle se fasse ; comme si les malheureux immigrés, plus que quiconque, pouvaient avoir sérieusement prise sur des phénomènes aussi complexes. Certes, lorsqu'on vit au milieu d'une population, mieux vaut ne pas trop s'en distinguer, ainsi que le conseillait Descartes ; mais il faut du temps, un temps qui nous échappe, pour de telles conversions, qui finiront par se faire. A trop presser les gens, on obtient au contraire des réactions de fermeture et d'angoisse devant ce qui leur semble d'abord le gouffre de l'assimilation. Leur demander de renoncer, trop vite, à leurs différences, c'est leur demander, leur semble-t-il, de renoncer à eux-mêmes. Sans compter la culpabilité de tout exilé, qui croit confusément avoir trahi son groupe d'origine.)

En somme, comme tous les problèmes apparemment insolubles, celui-là avait été mal posé. Par les colonisateurs qui affirmaient les différences pour en accabler les colonisés ; par les anticolonialistes qui niaient les différences pour protéger les colonisés. Lorsque, prenant quelque distance avec les schémas, généreux mais aveugles, de l'école républicaine, je me mis à regarder directement le réel, je vis bien que *les différences existaient*. Miracle de l'éducation ! Comment ai-je pu, si longtemps, croire qu'elles n'existaient pas ? Dans la rue, dans le tramway, au marché, la foule était si visiblement cosmopolite et bigarrée ! Naturellement, cela ne donnait nullement raison aux racistes, car la bigarrure se trouvait à l'intérieur de chaque groupe, y compris le leur, et les frontières entre nos communautés n'étaient pas tirées au cordeau. Mais nous étions indéniablement différents les uns des autres. Plus tard, lorsque je gagnai la Sorbonne, cela me faisait sourire d'entendre affirmer gravement par mes camarades que les différences, entre les hommes, ça n'existait pas. Je laissais dire, car ils avaient les meilleures intentions du monde. Et puis, ils n'avaient qu'à regarder avec leurs yeux, comme moi, et non avec leur tête : dans leur propre pays, la France, que je parcourais alors avec passion, la population changeait avec les régions et les climats. D'ailleurs, il n'y avait pas en eux que de la générosité : je découvrais ce mélange de myopie jacobine et de fierté républicaine, qui cohabitent dans tout Français bien né, héritage inattendu du centralisme de l'Ancien Régime. La fameuse devise des « quarante rois qui ont fait la France », grâce à « une loi, un roi, une foi » continuait, juste laïcisée, dans la « République une et indivisible[a] ».

A cette époque, divers colloques, sur le réveil des peuples colonisés et l'avenir de la colonisation, commençaient à réunir les intellectuels. J'assistai à un certain nombre de ces rencontres. Au premier « Congrès des intellectuels noirs », je soutins déjà que l'assimilation avait été jusqu'ici, malgré quelques réussites notoires, un relatif échec. Non toujours, certes, ni surtout, par le seul fait du colonisé, qui l'avait d'abord souhaitée. Mais parce que personne n'avait voulu de lui. Les gens de droite parce qu'ils refusaient même d'envisager une telle horreur ; au bout de laquelle ils voyaient avec effroi le mélange des sangs et le métissage. Ils savaient, en outre, qu'ils y perdraient leurs privilèges. Les gens de gauche n'imaginaient pas que l'on puisse réclamer autre chose que de leur ressembler : ils auraient bien voulu d'un colonisé franc-maçon, socialiste et universaliste, mais pas musulman, fétichiste ou juif ! En somme, pas du colonisé comme tel, dans sa singularité et ses différences précisément. Que restait-il au colonisé (et en général à tout dominé, je l'ai montré plus tard) sinon de s'accepter lui-même, puisqu'il n'était pas accepté par les autres ? Puisque la bonne volonté solliciteuse n'avait mené qu'à l'humiliation, autant se revendiquer. Il n'y avait pas d'autre issue ; et c'était plus sain : se refuser, rougir de ses ancêtres vaincus, de sa langue malhabile et de ses mœurs apparemment inefficaces, était invivable. Dès que le dominé commençait à parler, il confessait ses contorsions douloureuses et vaines : car, adopter la perspective du dominant, c'est accepter de se voir avec ses yeux, c'est consentir à son mépris destructeur. Pour vivre il faut, d'une manière ou d'une autre, s'affirmer. Si l'on ne peut pas s'affirmer par identification, il faut s'affirmer par différence. Je fis un pas de plus dans un ouvrage ultérieur où je notai : « Etre, c'est être différent[1]. » Affirmer sa différence devenait la condition même de l'affirmation de soi, le drapeau de la reconquête du moi, individuel ou collectif. Ainsi, dans un premier moment, le dominant affirmait ses différences contre le dominé ;

---

1. Voir notamment A. Memmi, *Portrait d'un Juif*, *op. cit.*

dans le deuxième, le dominé revendiquait ses différences contre le dominant. Je proposai de nommer ce deuxième mouvement symétrique « le retour du pendule ».

Depuis, de nombreux itinéraires ont confirmé cette analyse, aujourd'hui banale. Mais elle nous a coûté beaucoup de souffrances; elle a été l'occasion de beaucoup de discussions passionnées, de déchirements quelquefois, et même d'erreurs. Ainsi, à propos du « retour du pendule » : les citoyens juifs des pays arabes, dont certains avaient contribué aux indépendances nationales, furent, en général évincés; idem pour les Espagnols du Maghreb : il est rare que ce retour se borne à corriger une situation injuste. Emporté par son élan, le pendule va généralement bien au-delà : parfois jusqu'à commettre des injustices nouvelles; par exemple l'expropriation des petits colonisateurs ou les brimades de minoritaires qui n'en peuvent mais [1]. L'affirmation de soi prend quelquefois des proportions mythiques : aux mythes destructeurs du passé, on oppose des contre-mythes aussi délirants. Le moindre ancêtre devient un héros de légende et une danse folklorique le sommet de l'art. Après avoir lutté pour la reconnaissance des différences, je protestai également — et je proteste toujours — contre ses nouveaux excès. Ils n'étaient nullement inscrits dans nos revendications d'alors. Lorsque, dans ce premier « Congrès des intellectuels noirs », un participant, reprenant Molière, s'écria superbement : « Guenille peut-être, mais ma guenille m'est chère! », il avait

---

[1]. Sur « le retour du pendule », voir A. Memmi, *L'homme dominé*, Gallimard, 1968.

employé intentionnellement le mot de guenille. Il ne surestimait pas sa négrité, s'il refusait dorénavant de la mépriser. On proclame aujourd'hui « Black is beautiful », comme on se glorifie d'être femme, juif ou breton. L'arabo-musulman est proposé comme un parangon de la civilisation. Cette fierté me paraît aussi discutable que l'autodévaluation d'antan. Personne ne doit avoir honte de son passé et des siens ; s'accepter, c'est accepter aussi son histoire, personnelle et collective. Mais faut-il passer du refus de soi à la surenchère ? Se valoriser à l'excès parce qu'on a été dévalorisé à l'excès ? Ne risque-t-on pas de commettre les mêmes erreurs que les partisans racistes de la différence ? Ne risque-t-on pas de s'affirmer bientôt contre les autres ?

Il en est de même pour ces notions voisines également à la mode : l'*identité*, les *racines*, etc. aussi difficilement cernables et, surtout, d'une fécondité douteuse. Tout cela est explicable et probablement nécessaire après un si long écrasement, mais il faut voir à quelles nouvelles folies on peut aboutir. Aboutir ou retourner car, ironie de l'Histoire : là encore, les premiers à prôner l'exaltation des identités collectives et des racines, furent des gens de droite... qui d'ailleurs continuent ; voir les mouvements renaissants de la droite européenne. En son fond, c'est une revendication passéiste et, comme souvent alors, une revendication bien confuse. Le passé commun est largement fictionnel ; car, souvent, ni commun ni vraiment un passé, il est une invention intéressée ; commun à qui, en effet ? Passé de qui ? Les réponses à ces questions réserveraient bien des surprises. Qui est vraiment sûr de ses ancêtres présumés ? Il faudrait faire un grand ménage dans tout cela... si l'on peut et si l'on veut vraiment, car je ne suis pas sûr que beaucoup de gens souhaiteraient perturber leur belle assurance historique. En tout cas, être, c'est être différent, oui, mais être différent, c'est être autre ; donc chacun est différent et chacun est autre : il en résulte que l'affirmation de soi doit être par définition relative. Quelle que soit son importance dans cet itinéraire de guérison, la différence ne saurait être considérée en soi. Personne ne peut prétendre ici au prix d'excellence.

Le véritable enjeu, rappelons-le sans cesse, contre les racistes mais aussi pour l'édification des antiracistes, n'est pas exactement la différence mais son *utilisation*, comme arme contre la victime et au profit de l'accusateur. Là est la véritable perversion du racisme. Je crus pouvoir conclure enfin en trois points : les différences peuvent exister ou ne pas exister. Les différences ne sont ni bonnes ni mauvaises en elles-mêmes. On n'est pas raciste, ou antiraciste, en signalant, ou en niant, les différences, mais en les utilisant contre quelqu'un et en sa propre faveur.

LE MYTHE ET L'ALIBI

On voit, du même coup, la place du mythe[1] dans la démarche raciste : si la différence existe, on l'interprète ; si elle n'existe pas, on l'invente. J'ai rapporté ailleurs les propos de ce psychiatre qui m'expliquait

1. J'ai développé plus tard une critique plus poussée de ces motions ; voir *A contre-courants, op. cit.*

avec sérieux que les colonisés mangeaient mal et marchaient mal, ce qui ne serait rien, mais aussi qu'ils respiraient mal. Tel autre qui déteste les ouvriers, à force de les considérer avec malveillance, finit par les trouver *physiquement* différents : pour Balzac, une fille du peuple, même d'une grande beauté a, pour le moins, de grands pieds, ce qui révèle ses origines. L'exagération est si énorme quelquefois qu'elle en devient comique. Les Noirs auraient des verges si énormes que la femme qui en fait une fois l'expérience ne peut plus jouir avec un Blanc. Toutes les Juives ont la syphilis, et, quelquefois, elles tranchent, d'un coup de dent, le sexe de leur amant. On remarquera toutefois que les thèmes accusateurs, comiques ou non, ont toujours les mêmes significations : l'argent, le pouvoir et le sexe ; ce qui éclaire les préoccupations des accusateurs. Le racisme est une conduite, mais aussi une argumentation : une accusation et un plaidoyer. Le sens de la démonstration ne fait guère de doute : il s'agit toujours de justifier l'agresseur.

Le colonisateur propose une telle figure du colonisé, si bien adaptée aux exigences de la colonisation, qu'il faudrait croire à l'harmonie préétablie. On l'a écrit : les Européens se sont taillé un empire colonial parce que les futurs colonisés étaient « colonisables ». On comprend que l'Europe ne pouvait que remplir ce vide : c'était son « devoir historique » ! On l'a affirmé sans rire : on établissait des protectorats pour protéger le colonisé. Les bénéfices et les exactions étaient sans doute dus à des étourderies, des négligences, à des bavures, comme on dit aujourd'hui. Il existe chez les antisémites une figure mythique du Juif, si appropriée à leur passion, qu'il faut croire à quelque dessein de la

Providence : on l'a cru ou on a feint de le croire. Exemple : la place du Juif dans la mythologie du Christ, victime nécessaire des Juifs, pour la rédemption de l'humanité. Les hommes s'ingénient à tracer des femmes un portrait où elles ne se reconnaissent guère, mais où les mâles trouvent si bien leur compte ! On connaît ces Noirs du cinéma d'antan qui, roulant de gros yeux blancs, bafouillant, tremblant de peur, ne peuvent subsister en somme que dans l'univers protégé de la domesticité, après la servitude. Bref, tous ces portraits sont *commodes*; ils ont un air de famille : celui que leur donnent les besoins et les fantasmes de leurs dominateurs.

Commodité d'autant plus évidente qu'elle ne s'embarrasse ni de cohérence ni de mesure ; rien ne semble gêner le raciste dans sa charge : le Juif est, *à la fois*, avare et prodigue, la femme débile et rusée. Même les qualités les plus évidentes se transforment en défauts : on dit que le Juif a l'intelligence aiguisée par ses tribulations : oui, mais il est *trop* intelligent ; il n'en est que plus redoutable. Le Juif est doux, enclin à la conciliation ? Non, il est obséquieux ; c'est une ruse supplémentaire. Le Noir est doué pour le rythme ? C'est la preuve de son inaptitude aux activités plus nobles. La douceur des femmes n'est que le résultat de leur passivité naturelle, leur manque de combativité. Rien ne peut être sauvé chez la victime, le tableau est systématiquement noirci. Le Juif est, à la fois, une figure biologique, une figure économique, psychologique, culturelle, métaphysique... et *toutes* sont négatives. Non que les Juifs, les colonisés, les femmes, n'aient pas des défauts différentiels. J'ai assez dit qu'il fallait se garder de nier toutes les différences. Mais, enfin, les dominés n'ont pas que des défauts et les dominants n'ont pas que des qualités ! Pourquoi *tout* ce qui diffère chez le dominé est-il à priori mauvais ? Pourquoi le dominant dénonce-t-il, systématiquement, les manières d'être, les mœurs du dominé, même les plus banales, les manifestations de joie comme les manifestations de peine, ses coutumes alimentaires ou pédagogiques, « comment peuvent-ils manger ça ! » « ici les enfants sont les plus mal élevés du monde ». Quitte à faire une exception, comme certains antisémites ont un « ami » juif. Pourquoi tant d'ironie corrosive envers *toutes* les femmes, « toutes des salopes, sauf ma mère, qui est une sainte » ? C'est une plaisanterie, bien sûr, mais est-elle totalement innocente ?

N'est-ce pas qu'une telle véhémence, incohérente et accusatrice, est, d'une manière ou d'une autre, *utile* à l'accusateur ? car la comparaison est *toujours* en sa faveur. Qui ne voit que le raciste reconstruit sa victime selon ses besoins propres ? Cette reconstruction mythique lui sert de médiation, d'alibi spécifique à l'oppression qu'il souhaite exercer ou qu'il exerce déjà : l'homme sur la femme, le Blanc sur le Noir, le colonisateur sur le colonisé. On retrouve l'efficacité particulière de l'accusation biologique ; elle fournit la meilleure des cautions. Le Noir est irrémédiablement noir, la femme est irrémédiablement femme. D'où l'effort pour caractériser biologiquement le Juif et le colonisé, même si la biologie n'a rien à faire ici. C'est que *la biologie est une figure de la fatalité.*

RACISME ET OPPRESSION

Peu importe le détour, enfin, la *finalité du racisme est dans la dominance*. C'est le dernier enseignement que je retirai de la conjoncture coloniale. Cette corrélation, plus générale, livrait, m'a-t-il semblé, la clef principale du racisme. Comme au billard, où l'on vise une boule pour en atteindre une autre, on accuse sous divers prétextes, mais toujours pour rejeter, spolier et opprimer. C'est aussi à partir de la relation coloniale que j'ai été amené à éclairer et à systématiser les autres racismes, intimement mêlés à d'autres conditions similaires. Il est vrai, là encore, que la condition juive, dont je m'occupai ensuite, je la connaissais aussi de l'intérieur, avant d'y réfléchir. Et l'extension et la généralisation des résultats de *Portrait du colonisé*[1] se sont faites tout naturellement; de la colonisation je passai aux autres formes d'oppression, et la formule précédente peut être ainsi élargie : *le racisme illustre et symbolise l'oppression.*

Cela dit, si l'on vérifie sans cesse l'importance du mythe dans le racisme, on voit aussi ses limites : il est nécessaire mais il est relatif. Il est crucial mais il n'est pas le tout du racisme. *Le racisme est une opinion, mais c'est une opinion qui annonce et balise une conduite.*

Une opinion ne suffit pas à faire un raciste, à supposer qu'il puisse s'en tenir là. Le racisme est à la

---

1. *Op. cit.*

fois l'idéologie et la manifestation active de la dominance. De sorte que chaque fois que l'on explore une dominance, on y découvre simultanément un racisme, qui est son ombre, son prolongement inévitable. Cette mauvaise foi laborieuse et intéressée se retrouve dans toutes les formes de dominance. Je vous domine *parce que* vous êtes un être inférieur; il existe, entre nous, des différences, qui en sont la preuve. Les Blancs peuvent asservir les Noirs parce que les Noirs ne sont pas blancs; c'est-à-dire affligés des carences de la race noire, donc privés des vertus de la race blanche. Les hommes ont le droit d'asservir les femmes parce que les femmes sont différentes et parce que la féminité est une tare. Quelles que soient, par ailleurs, les séductions éventuelles de ces malformations congénitales : on peut être un « homme à femmes » et mépriser les femmes, on peut raffoler des négresses ou des Juives, ou des petits Arabes, sans cesser de mépriser tout ce pauvre monde.

Pour prendre un exemple plus général, j'ai montré comment la relation de dominance-sujétion détruit les deux partenaires, l'un par l'autre, et chacun d'une manière spécifique. Il n'y a pas de commune mesure, certes, entre les souffrances corrosives de la victime et les déformations de l'agresseur; mais il n'est jamais gratuit de se transformer en bourreau. On retrouve cette double érosion dans le racisme : soumise à un harcèlement qui tente de la réduire à rien, la victime finit par être détruite. Pas seulement symboliquement et dans la tête du raciste : concrètement, par les humiliations et les limites imposées à sa vie; et le pire : parce qu'elle se détruit elle-même. Ce n'est pas le moindre crime de l'accusation raciste que son *intério-*

risation, que l'ingestion du monstre, qui vous dévore ensuite de l'intérieur : la victime finit par adopter plus ou moins l'image qu'on lui propose d'elle-même. Comment se défendre si l'on est d'accord avec son assaillant ? Avant la révolution française de 1789, un certain Moreau de Saint-Mery avait classé les Antillais en nègres, mulâtres, quarterons, métis, mamelouques, sang-mêlé, marabouts, griffés, sacatros, avec toutes sortes d'autres combinaisons... Je rentre des Antilles ; j'y ai retrouvé — enrichi ! — le schéma de Moreau de Saint-Mery : les Antillais avaient repris et conservé pour leur compte, avec les dégâts psychologiques et sociaux que l'on imagine, cette échelle infernale de dignité décroissante à mesure que l'on s'éloigne du « Père blanc », selon leur propre expression. On ne guérit pas aisément d'un passé d'oppression. Je me souviens de cette concierge tunisienne qui, furieuse contre moi, m'a lancé un jour, avec un mépris-boomerang : « Vous n'êtes qu'un Tunisien, comme nous ! »

Mais le raciste n'y gagne pas son paradis : il ne cesse, lui aussi, d'argumenter, de se défendre et d'attaquer. C'est un puits sans fond, un débat jamais clos, où personne n'est jamais complètement persuadé. Ni la victime bien sûr, malgré son trouble, ni le raciste, qui sent pourquoi il a besoin de l'être, pourquoi il livre cette bataille permanente, qui ne lui procure jamais la paix de l'âme. Le long de ce même séjour aux Antilles, au cours des soirées avec les *Békés* (Français nés aux Antilles) nous n'avons jamais cessé de parler de tout cela.

Soit dit en passant également — j'y reviendrai plus longuement — ce trouble, comme cet effort obstiné pour le surmonter, n'est pas le signe d'une perversité absolue. Au risque de surprendre, je dirai que, d'une certaine manière, il doit être porté au crédit du raciste. Un criminel parfait ne plaide pas, il tue. D'où ce que j'ai appelé *le paradoxe éthique du raciste* : curieusement, par-delà son aspect sinistre, on y découvre une lueur d'espoir sur la perfectibilité humaine. Les animaux dévorent leur proie sans procès, lorsqu'ils ont faim il est vrai ; les végétaux les plus vigoureux étouffent les moins forts. Les hommes, comme tous les êtres vivants, volent, écrasent et assassinent leurs semblables et les autres : mais ils croient nécessaire de s'en expliquer, de se justifier. Je domine, j'ai des privilèges ? Certes, mais c'est que j'ai des droits ! Sur cette terre, mon père déjà, mes ancêtres... Pauvre légitimité, si fallacieuse, fictionnelle et boiteuse. Mais on y tient, on y insiste, on en fait la théorie, des philosophies, des morales, fondées sur la race, la psychologie, le sexe, la culture, la métaphysique. Alors qu'il s'agit, en fait, de spolier son prochain, tout en gardant une conscience à peu près tranquille. Combien de conduites, de « grandes » familles, de politiques « nationales » ne sont guère autre chose que des rapines à l'échelle du groupe, expliquées par la nécessité de la permanence sacrée du patrimoine familial ou de « l'intérêt supérieur de la patrie » ! D'une manière ou d'une autre, il faut justifier *son profit*.

LE PROFIT

Car il y en a toujours un. C'est même cela qui fait dresser l'oreille : *la démarche raciste n'est jamais désintéressée*, même si la nature du profit n'est pas immédiatement claire.

Quel est ce profit ? En quoi consiste-t-il ? A première vue, il peut être très divers : psychologique, économique, politique, culturel... N'importe quel avantage peut être recherché, plus ou moins consciemment, au détriment d'autrui. Si l'on ne craint pas le pléonasme, on définira le profit raciste comme *tout ce qui procure avantage par la dévalorisation d'autrui*.

Il faut répondre ici à une objection marxiste : cette diversité du profit raciste serait un leurre, au sens fort du mot. L'homme serait, essentiellement, un animal économique, mû principalement par ses besoins économiques ; le reste est diversion, ruse et idéologie. Le racisme est, au fond, une arme économique. Le discours raciste n'est que l'un de ces alibis pour masquer une conduite d'appropriation des ressources naturelles et, si nécessaire, d'« exploitation de l'homme par l'homme ». Selon une formule connue, « en définitive, l'économie est le moteur de l'histoire ».

Je suis ici partiellement d'accord avec les marxistes : ils ont raison de suspecter le raciste de rechercher, par-delà ses propres accusations, une autre fin. Je suis également convaincu qu'il existe souvent deux niveaux dans un même discours : un message apparent et un sens caché. Souvent aussi le sens caché est plus important, plus révélateur que l'apparent. Le sens véritable du racisme est occulté, parce qu'il révélerait une injustice. D'où l'évidente utilité de tromper les victimes : on prévient ainsi leurs réactions, qui risquent d'être contrariantes. On ne peut tout de même pas reconnaître tranquillement ses privilèges ! Il y faut alors des régimes de fer peu agréables à vivre, et de plus, fort coûteux. Un déguisement, un habile plaidoyer, vaut la peine d'être essayé et, somme toute, c'est une économie de moyens. L'idéologie du dominant a d'abord une vertu pragmatique, qui concourt à la stabilité de son pouvoir.

Les marxistes n'ont pas tort, non plus, de soupçonner, chez le raciste contemporain tout au moins, une motivation économique : elle est très fréquente, si elle n'est pas toujours évidente. Les exemples ne manquent pas, dans l'Histoire, la sociologie ou même la littérature pour illustrer la fécondité de cette piste. Le petit commerçant antisémite l'est souvent en fonction de ses difficultés ou de son avidité : de la destruction de ses concurrents juifs, il espère retirer quelque avantage. Ce n'est pas un hasard si le marasme économique fait resurgir l'hydre antisémite.

Mon accord avec les marxistes s'arrête là. Je pense qu'ils ont tort de croire que le profit se réduit toujours à un avantage économique ; même « en définitive » selon leur expression coutumière. Cette formule est d'ailleurs bien ambiguë. Si elle néglige les formes intermédiaires, elle devient fausse ; si elle admet l'importance de ces formes, alors elle n'a d'intérêt que théorique. Les mêmes critiques valent contre les explications par le complexe d'Œdipe. Je sais bien qu'il n'est plus aisé, aujourd'hui, de parler en bloc des marxistes. La doctrine, ayant vieilli, s'est diversifiée, comme dans toute vieille Eglise. Les fidèles assagis tolèrent les chapelles diverses et les hérétiques. Toutefois, même ceux qui n'exigent plus une interprétation exclusive, soutiennent la primauté, « en dernière analyse », comme ils disent encore, de l'économie. Plus ou moins directement, ils suggèrent un réductionnisme économique. Or, le réel humain est complexe, sans que l'on sache avec certitude quel est le facteur unique qui ordonne tous les autres, ni même s'il existe. Les besoins de l'homme sont multiples, même s'ils ne sont pas innombrables. Leur hiérarchie est variable et fluente. Le besoin de sécurité, le besoin d'amour, sont souvent aussi pressants que celui de se nourrir. Bref, le raciste peut l'être pour différentes raisons, et pas seulement par calcul économique. Même si, à travers des profits différents, le mécanisme de compensation demeure le même.

LE BOUC ÉMISSAIRE

On le vérifie avec le phénomène du *bouc émissaire*. Les Anciens avaient eu là une étonnante intuition ; pour conjurer le malheur, ils offraient en sacrifice aux dieux une victime expiatoire : en chargeant cette malheureuse bête de tous les péchés de la Cité, ils allégeaient la culpabilité collective. Ce n'est pas un hasard, non plus, si le personnage du héros tragique avait un tel succès dans la dramaturgie : accusé d'être à l'origine des catastrophes qui frappaient ses concitoyens, il devait périr pour dissiper le drame. Souvent, il était même irresponsable, jouet lui-même de hasards funestes, comme Œdipe, ou de quelque machination divine. Comme si la conscience collective ne répugnait pas à choisir un innocent de préférence pour lui faire payer les crimes ou le confort des autres. Le mythe de Jésus-Christ participe de cette démarche : c'est un homme réputé bon et particulièrement pur, saint et fils d'une vierge, qui est désigné pour racheter les souffrances et les fautes de l'humanité. Le sacrifice de la fille d'Agamemnon, vierge et martyre, devait calmer le courroux des dieux, comme si la pureté, comme un linge très propre, drainait mieux les souillures. Comme si cette valeur même de la victime permettait de mieux atteindre le prix à payer fixé par le destin ou la divinité[1]. Cette interprétation *n'épuise* naturellement pas ces mythes. Mais, enfin, rejeter ses erreurs et ses difficultés sur autrui, un concurrent, un voisin, une minorité interne ou une autre nation, une institution ou la nature, permet de mieux supporter une situation pénible. Attribuer nos échecs, privés ou publics, sportifs ou professionnels à la déloyauté de l'adversaire excuse nos propres carences. Dans *Charlot soldat*, le héros de Chaplin tirait sur un caillou, qu'il rendait responsable de ses propres maladresses. N'est-ce pas ce que fait le raciste ? Comme dit un humoriste : « Pourquoi les Juifs, et pas les cyclistes ? » A quoi le raciste pourrait répondre : « Parce que les Juifs font particulièrement l'affaire » !

Cette projection accusatrice sur autrui permet en outre de resserrer les rangs : la menace extérieure, réelle ou prétendue, restaure la fraternité. Nos modernes tribuns n'ont fait que reprendre une très

---

1. J'ai développé cette notion de *prix à payer* pour toute pourvoyance in *La dépendance, op. cit.*, et in « Le prix de la santé », *Prospective et santé publique*, décembre 1981.

vieille recette : il faut désigner un responsable extérieur, même innocent, à la vindicte des foules. Nommer le malheur, lui prêter visage, donne l'illusion de pouvoir le maîtriser. Cela réconforte le moi collectif autant que le moi individuel.

Et l'on comprend que, pour cette diversion, les marginaux soient bien placés, comme on dit en langage turfiste. Les étrangers sont moins protégés par les lois, les minoritaires, les différents sont déjà suspects. Ils forment d'excellents portemanteaux pour l'anxiété collective. Ce n'est pas un hasard si l'on a tué tant de sorcières et si peu de sorciers : les femmes, différentes et moins aptes à se défendre, cristallisent plus facilement les peurs et les ressentiments. En des temps plus récents, on a brûlé les victimes noires des lynchages comme on a brûlé sous l'Inquisition. Le génocide [1] des Juifs réalisé au tiers est le dernier avatar de ce bûcher permanent. Le mal extériorisé, incarné, est séparé de nous, rendu moins redoutable : on peut le manipuler, le traiter, le détruire par le feu. Il faut noter ce dénominateur commun : le feu, qui purifie tout, y compris nous-mêmes... mais en brûlant autrui ; ce qui est plus économique.

Ce sont là des paroxysmes ; mais le même sens se retrouve dans d'autres conduites : on détruit en autrui

---

1. Comme tout le monde, y compris Juifs, j'ai failli écrire l'Holocauste, lorsque je me suis avisé que l'utilisation de ce terme à l'occasion du génocide des Juifs est éclairante : on suggère ainsi, plus ou moins consciemment, que les Juifs furent les victimes choisies, les boucs émissaires, pour un sacrifice expiatoire. Les Juifs qui utilisent ce terme relèvent de ce mécanisme, assez fréquent, d'intériorisation de l'accusation.

Au moment de rédiger cette note, me tombe sous les yeux une remarque similaire de B. Bettelheim in *Survivre*, éd. Pluriel.

ce que l'on voudrait détruire en soi-même : on lui impute pour cela nos propres péchés. Mais la véhémence de la plaidoirie, les protestations excessives sur notre virginale innocence, l'excès des noirceurs chez autrui nous trahissent autant que l'aveu. Trop, c'est trop. Le procès semble gagné à chaque coup. Ce n'est pas étonnant : la victime est vaincue par avance, et le public est solidaire de l'accusateur. Ces bûchers, de fagots ou de mots, sur lesquels rôtissent nos ennemis, ou désignés tels, entretiennent une bonne chaleur pour l'âme collective. Nous ne sommes plus les coupables, puisque d'autres le sont. Il est vrai aussi que nous n'en sommes pas totalement convaincus, puisque nous argumentons. Mais cet effort même, aveu furtif de nos propres carences, nous aide à nous purifier. En tout cas, ce bain de purification est plus convaincant de ce qu'il est pris en commun. Nous avons évoqué nos fautes ensemble, nous nous en sommes expliqués et nettoyés ensemble. Dorénavant, nous sommes tous purs, puisque nous participons d'une même pureté, qui nous dépasse et nous enveloppe, que nous avons puisée hors de nous, comme nous avons trouvé le mal hors de nous. Nous pouvons nous donner une auto-absolution réciproque.

On peut épiloguer longtemps sur cette exigence de pureté. Nous avons dénoncé la prétendue pureté biologique absolue : elle n'est même pas concevable. La *pureté psychologique n'est pas plus claire*[1]. Pourquoi une préoccupation si obsédante ? La réponse est aisée : n'étant pas un constat, elle est donc un vœu :

---

1. Voir A. Memmi, *A contre-courants, op. cit.*

une nostalgie ou un espoir. Le raciste soupire après l'image d'une patrie parfaite dont il serait bien en peine de préciser les traits. Il lui serait aussi difficile de préciser s'il s'agit de revenir à un état antérieur ou d'instaurer un ordre nouveau : paradis perdu ou âge d'or messianique. Le fasciste italien combinait les deux : Italie « romaine » et avant-garde de la modernité européenne. Le pangermaniste prétendait actualiser les splendeurs passées de son peuple pour imposer légitimement sa loi à l'univers. Il s'agit généralement d'un amalgame : l'avenir est vu comme une projection du passé et le passé est reconstruit en fonction du futur. C'est, à la fois, le regret de ne plus vivre dans cet état de grâce et la volonté de le retrouver. On comprend alors la violence contre tout intrus, tout étranger, qui risque de ternir, d'empêcher une telle communion, fût-elle illusoire ; et nous revoici devant le bouc émissaire. En tout cas ce déchirement lancinant a séduit des philosophes et inspiré des poètes ; on peut encore en suggérer une interprétation psychanalytique : « Ah, ce que l'on était bien *ensemble*, entre papa et maman, dans la chaleur du foyer, à l'abri du monde extérieur ! » « Ah ce que l'on était bien *avant* l'arrivée du nouveau bébé, cet inconnu chieur et pisseur, qui pollue tout, trouble l'harmonie familiale, absorbe tout le lait et monopolise l'amour des parents et l'attention des visiteurs ! » Mais si les poètes rêvent, si les philosophes et les psychologues interprètent, le raciste agit : puisque le retour au monde béni de l'enfance est impossible, faisons que l'avenir soit à son image ; établissons ou rétablissons notre homogénéité *contre* tout ce qui la perturbe et la souille ; débarrassons-nous des intrus, des immigrés, des envahisseurs, des pollueurs, par leur destruction si nécessaire. Je me demande si les barbouilleurs de tombes juives, les minables agresseurs, assassins occasionnels, des malheureux travailleurs immigrés, n'éprouvent pas quelque volupté à commettre leurs forfaits. Ils sont probablement persuadés qu'ils agissent pour le bien public, comme les lyncheurs blancs avouaient une trouble jouissance à défendre l'intégrité mythique de la race blanche. Il faut faire cesser cette tension douloureuse, ce scandale, dont j'ai montré ailleurs qu'il est un désordre, pour retrouver l'ordre vital. L'enfant assassinerait volontiers son insupportable petit frère, s'il le pouvait, et quelquefois il le peut. L'obsession de la pureté relève de la phobie de la pollution et d'un vœu prophylactique.

RACISME ET ANTISÉMITISME

Après la condition coloniale, ai-je dit, c'est la condition juive qui m'a définitivement convaincu de cette participation intime du raciste au racisme, du besoin en quelque sorte qu'il a de ses victimes. J'y ai trouvé aussi *la preuve du caractère extensif des mécanismes du racisme*. L'antisémitisme en est un exemple particulièrement éclairant : c'est l'exclusion d'un groupe pourtant aussi proche que possible.

On a prétendu que l'antisémitisme était totalement différent du racisme. Je ne le pense pas. Sans doute, il ne coïncide avec aucun autre ostracisme ; il n'en est pas moins une variété du racisme *C'est un racisme spécifique par son objet* : l'antisémitisme est le racisme dirigé contre les Juifs. Comme tel, il a des caractères particuliers, qui lui viennent de cette victime particulière et des relations originales entre elle et son agresseur. Dans le duo juif-antisémite, on trouve une figure qui n'est celle d'aucune autre victime : minoritaire très ancien, à la fois très familier et très séparé ; de culture étrange et reconnaissable, de structures sociales voisines et pourtant autonomes. L'antisémite dispose, en outre, d'une mythologie efficace et bien rodée, à laquelle concourent l'ancienneté de l'accusation et de l'oppression, la place effective du Juif dans le système économique, son rôle dans la tradition culturelle et jusqu'à la caution du sacré. Les relations du Juif avec son accusateur, chrétien ou musulman, rappellent davantage celles de frères ennemis que de parfaits étrangers. Malgré l'animosité, meurtrière quelquefois, les chrétiens reconnaissent leur cousinage avec les Juifs, « Nous sommes spirituellement des Sémites » rappelait Paul VI ; et les musulmans insistent sur la communauté des « gens du Livre ». Pourtant, tout compte fait, si le duo juif-antisémite possède son originalité, il se laisse décrire et classer comparativement parmi les autres duos. Il s'agit toujours de stigmatiser les autres pour se conforter soi-même, et à l'occasion des différences respectives. En somme, *leurs* différences sont laides, *nos* différences sont belles ; c'est grâce à cette comparaison que nous triomphons.

Conclusion inattendue, mais qui se retrouve également partout : il faut, corrélativement, fortifier nos différences... et les leurs. Le mariage mixte, par exemple, doit être vigoureusement condamné. La promiscuité, cette catastrophe pour l'espèce, doit être évitée à tout prix. Il faut que chacun conserve sa personnalité, son identité, dirions-nous aujourd'hui.

La Bible elle-même n'est guère indulgente aux mariages mixtes, qu'elle assimile au paganisme (voir en particulier le Livre d'Esdras). Il est vrai que la tentation en fut courante : d'où la sévérité du législateur juif qui aura, là encore, une nombreuse descendance. Barrès cultivait son moi... mais aussi celui des autres ; Lyautey voulait « respecter » la personnalité islamique des Marocains ; il était d'ailleurs sincère, même si ce respect ressemblait à un étouffement par embrassement. Les machistes les plus impénitents tiennent à « l'éternel féminin ». Les chrétiens n'ont jamais souhaité la complète disparition des Juifs : il fallait que, par leur présence humiliée, ils témoignent pour l'éternité de la glorieuse différence du christianisme. Ce sera l'une des conséquences inattendues de l'œcuménisme : il faut que les Arabes demeurent des Arabes, et les Juifs des Juifs. Je demandai un jour à François Mauriac, qui faisait campagne là-dessus, pourquoi il cherchait tant à persuader les musulmans de rester musulmans. Il me répondit honnêtement : « Afin que les chrétiens restent chrétiens. »

Contradictions ? Comment peut-on souhaiter à la fois l'annihilation de quelqu'un, et qu'il conserve sa physionomie propre ? Le raciste, avons-nous répété, n'est pas à une contradiction près. Mais ici, en outre, cette conduite possède sa cohérence : comme tout dominant, le raciste a besoin de dominer sa victime, jusqu'à l'usure, jusqu'à la mort ; et, en même temps, doit en préserver la vie et même les forces... pour pouvoir continuer à l'utiliser. J'ai décrit ce mécanisme à propos du colonisé : la frontière entre la colonisation et l'assassinat collectif passe par les besoins du colonisateur. Sinon, c'est le meurtre et le génocide. Cela arrive. Contre-épreuve : les premiers immigrants européens aux Amériques ont décimé les Indiens parce qu'ils n'en avaient pas l'usage. Plus tard, pour les besoins des plantations, ils firent appel à la main-d'œuvre noire d'importation puis aux Sud-Américains et aux Indiens.

Voilà pourquoi, *pour comprendre un racisme donné, il faut toujours se demander quel profit y trouve ce raciste particulier sur cette victime particulière*. Par-delà les mécanismes généraux, que cherche l'antisémite dans l'antisémitisme, l'homme dans le machisme, le colonisateur dans la colonisation ? Que cherchent-ils, chacun, à tel moment de l'Histoire ?

4

LES LEÇONS DE L'HISTOIRE

La réponse à ces questions permet de résoudre une autre difficulté : comment concilier l'ancienneté, la ténacité du racisme, avec le caractère tardif des « théories » racistes[a] ?

Le problème est important, car la modernité relative de la « pensée » raciste est à l'origine d'un malentendu. Certains ne veulent voir dans le racisme qu'un phénomène passager, puisqu'il n'aurait pas toujours existé. Ils ont beau jeu de soutenir qu'on ne trouve pas, dans le passé, d'argumentation raciste cohérente. Le premier théoricien conséquent aurait été Gobineau, dont l'*Essai sur l'inégalité des races humaines*[1] est daté de 1854. Ce qui n'est pas tout à fait exact. Les différences biologiques ont servi depuis plus longtemps. On a recherché une légitimation de la traite des Noirs dans une quasi-animalité des esclaves. Contre cette ambition théorique, on trouve même une esquisse de réfutation ; Montesquieu résume, pour s'en moquer

---

1. Gobineau aurait été mieux inspiré de titrer son livre « Essai sur les différences... », plutôt qu' « Essai sur les inégalités », ce qui correspond davantage à son contenu. Mais il est vrai que pour lui, comme pour sa postérité, les différences justifient les inégalités.

savoureusement, le raisonnement des négriers. Avant 1492, date de l'expulsion des Juifs d'Espagne, le mythe du sang obsédait déjà les Espagnols, leurs classes dirigeantes tout au moins. Bien avant encore, Tacite stigmatisait les Judéens — les Juifs de l'époque — pour leurs tares, physiques et morales. Appien leur reprocha, entre autres, leur impureté biologique, cause de la propagation de la lèpre. On voit que rien n'est absolument nouveau.

Il est globalement vrai que le racisme, au sens d'une hostilité systématique et théorisée, sur la base de différences biologiques, est relativement récent. Mais la suspicion de l'étranger, du différent, a toujours existé. Si, dans le passé, on insistait moins sur la biologie, c'est qu'elle frappait moins, et que la science biologique est neuve. Mais les textes, sacrés ou profanes, qui révèlent la crainte inspirée par l'étranger, l'agressivité qu'il suscite, à la suite de cette crainte, sont légion. Pour être exact, l'étranger est à l'origine de sentiments ambigus : on ne sait pas à qui on a affaire : il provoque un malaise, qui appelle à la fois méfiance et respect. Ce voyageur inconnu, qui demande un peu d'eau ou le gîte d'un soir, peut être un sinistre messager ou l'envoyé de Dieu, tel l'ange qui prédit à Sarah vieillissante la future naissance d'Isaac. Il peut être une incarnation du diable ou un dieu déguisé, comme les avatars des divinités païennes. Evénement heureux ou annonce d'un malheur, bouleversement funeste ou profitable pour l'individu ou pour tout le tissu social, mieux vaut, à tout hasard, rester vigilant. Mais du soupçon à l'autodéfense et de l'autodéfense à l'agression, le passage est aisé.

L'antisémitisme est encore un bon exemple de cette ambivalence de la différence. L'histoire de l'antisémitisme est aujourd'hui assez bien connue. Dans le monde antique, il s'agit d'abord d'une phobie, plutôt à caractère culturel que religieux. Les croyances et les mœurs des Judéens n'étaient connues que d'une manière fantaisiste, ce qui augmentait l'anxiété de leurs concitoyens. Bernard Lazare[1] insistera sur ce qu'il croit être l'entêtement particulariste des Juifs, comme source de l'antisémitisme antique : ce qui est probable. Mais il est clair que toute minorité peut être taxée de particularisme... par la majorité, qui exige l'assimilation ; c'est-à-dire la disparition des minorités à son profit. Cette judéophobie prenait place dans une xénophobie plus générale, dans le monde hellène et en Égypte, contre les gens venus d'ailleurs. De sorte que si le racisme au sens strict peut être daté, la xénophobie, non.

C'est ce que j'avais objecté à Jules Isaac, lors de la parution de ses livres, si riches et si utiles par ailleurs. D'après la propre enquête, minutieuse et convaincante, de cet auteur, l'hostilité *spécifique* contre les Juifs aurait commencé vers le Ier siècle, avec l'avènement du christianisme. Il s'agissait d'une concurrence religieuse, où la biologie était évidemment absente, puisque les premiers chrétiens étaient d'abord des Juifs. Il faut attendre l'affaire espagnole pour voir utilisées nettement les différences biologiques. Dorénavant, une tradition raciste, au sens propre, commence ; elle trouvera son épanouissement « théorique » chez les « penseurs » allemands et français, et sa

---

1. Bernard Lazare, *l'antisémitisme*, 2 vol., éd. Cres, Paris, 1934.

traduction meurtrière dans les multiples pogromes partiels, russes et européens, jusqu'à leur acmé : le génocide total, presque réalisé, par le nazisme et ses émules.

Biologie ou non, judéophobie ou antisémitisme, en tout cas l'Histoire confirme la finalité du racisme. A propos de l'antisémitisme chrétien (si mal nommé, puisque les premiers chrétiens étaient des Juifs), Jules Isaac parle avec justesse de « système d'avilissement ». Mais pourquoi ce système ? Pourquoi la mise en place d'une telle machine de dévalorisation, annonciatrice de la destruction par le bûcher ? Pour trouver la réponse, il suffit de relire les auteurs de l'époque, en effet, Jean Chrysostome ou saint Augustin : l'abaissement des Juifs leur semblait *nécessaire pour exalter les chrétiens*. La jeune pousse chrétienne, encore fragile, devait, pour exister, se séparer nettement du tronc initial. Il lui fallait se forger une originalité, pour ne pas être confondue avec lui ; se fortifier, au besoin contre lui. Ce fut la tâche des premiers écrivains chrétiens. Mais ce ne sont pas les distinctions doctrinales qui sont à l'origine de l'antisémitisme chrétien ; ce sont les nécessités politiques, démographiques, qui ont conduit à rechercher, puis à utiliser âprement, des différences doctrinales. Bref, l'antisémitisme chrétien fut *profitable* au christianisme naissant, et il ne s'agit ni de biologie ni d'économie, mais d'affirmation collective.

La genèse de l'antisémitisme arabe (encore très mal nommé, à cause de la très grande proximité ethnique et linguistique) diffère peu de ce schéma. Dans un premier temps, le prophète Mohammed est si peu hostile aux Juifs de Médine qu'il espère les gagner à sa cause. Il reconnaît en eux les « gens du Livre » les plus anciens : précisément, les convaincre aurait prouvé l'excellence de son message. Il ne réussit pas cette opération de séduction ; ces vieux routiers du messianisme, blasés par leurs messies successifs, ne prennent pas au sérieux ce nouveau candidat. Alors il change, si l'on peut dire, son sabre d'épaule : ne pouvant s'affirmer grâce à eux, il s'affirmera contre eux. Choisis comme témoins de son élévation, ils en deviendront la preuve par leur abaissement. Il leur fait la guerre au nom de l'islam : guerre des armes, suivie plus tard par la bataille rhétorique. Luther suivra à peu près le même itinéraire. Avec les descendants du prophète arabe, les relations se banalisent : les Juifs sont des vaincus, progressivement soumis par les conquérants arabes, à travers toute l'aire de l'expansion islamique. Il est normal, cette fois, qu'ils payent tribut : un tribut économique : à quoi servirait la guerre, si l'on n'en tirait pas aussi cet avantage-là ? La cause, la doctrine viennent à la rescousse, il faut justifier ce racket : voilà comment il faut traiter les ennemis de la vraie foi ! Même s'ils ne sont pas tout à fait des étrangers, mais des cousins par le sang et par la culture. Dorénavant le profit économique s'additionne au profit spirituel. Mais le profit spirituel ne disparaîtra jamais ; les textes ultérieurs l'attesteront toujours : le Juif est méprisable parce qu'il est battu, faible et désarmé, mais aussi parce qu'il est la preuve vivante de la forfaiture et de l'aveuglement : connaissant la Vérité mieux que quiconque, il n'a pas voulu la reconnaître. D'où sa misère historique : d'où, par opposition, la gloire justifiée du vainqueur. Nous retrouvons le curieux mélange d'agressivité et de satisfaction des chrétiens à l'égard

Description

des Juifs. Quoi qu'il en soit, ce n'est pas parce que les Arabes étaient anti-juifs qu'ils opprimaient les Juifs, ils étaient anti-juifs parce qu'ils opprimaient les Juifs [1].

Lorsque les Espagnols parlaient de pureté de sang, le leur naturellement, ils suggéraient que celui des autres, Juifs et Maures, serait impur. A strictement parler, cela n'a évidemment aucun sens. Peut-être s'agissait-il d'une espèce de crainte trouble des Marranes, en somme personnages plus ou moins secrets. On peut y voir toutefois une métaphore significative, comparable à celle de l'hymne national français. Dans *La Marseillaise*, « le sang *impur* [qui] abreuve nos sillons », étant celui de l'ennemi, il peut être versé sans remords. Mieux encore, on fait d'une pierre deux coups : il fertilise aussi les champs. De même la pureté du sang espagnol est, si l'on peut dire, un outil commode. Séparant radicalement les nobles chrétiens des Juifs, même convertis (la conversion n'est pas un

---

[1]. Pour rester dans ce chapitre des relations entre Juifs et Arabes. On a vu, ces dernières années, une variété inattendue de cet ostracisme, à l'intérieur même des communautés juives, de la part des Juifs européens, dits askénazes, à l'égard des Juifs orientaux, dits sépharades. Les Orientaux se plaignent amèrement, non sans quelques raisons, de subir une discrimination, même en Israël. On peut juger excessives les alarmes de sépharades ; il reste que la prise de pouvoir par les Occidentaux les a conduits, comme ailleurs, à dévaloriser et à défavoriser les Orientaux. Il serait intéressant de poursuivre cette analyse sur un phénomène qui se déroule encore sous nos yeux : on y découvrirait que les Juifs de Méditerranée ayant partagé, globalement, le sort des autres Méditerranéens ont subi, avec eux, leur défaite historique : ils commencent à relever la tête avec la fin des colonisations et les nouvelles indépendances nationales. D'où, naturellement, les inévitables contre-mythes ; folklore magnifié, de la cuisine à la musique, avide recherche de tout ce qui peut conforter la personnalité collective. J'ai même entendu réclamer en Israël la prise de pouvoir par les Orientaux, dont ce serait maintenant le tour (retour du pendule).

dépuratif suffisant pour le sang), elle met leur pouvoir hors de toute atteinte. Accessoirement, elle consolide l'unité de la nation espagnole, qui sortait d'une longue période d'instabilité polluante, contre les conversions des Marranes et autres Maures. Un élément sexuel, enfin, était présent dans cette obsession collective de la pureté. Pendant les occupations successives, les Espagnols ont largement subi ce que l'on appelle pudiquement la fraternisation, et qui est plutôt une *sororisation*, puisqu'il s'agit de mixité entre les femmes du pays et les étrangers. Rarement l'inverse : le mâle étant censé être le pollueur, on tolère à la rigueur l'union avec une femme étrangère. Proclamer la pureté indélébile du « sang » espagnol, c'est nier la tare, l'insupportable honte de tant de femmes souillées. Autre type de profit.

Dernier exemple, le plus près de nous : le nazisme. Ce cataclysme, dont on n'a pas fini de relever les ruines, tant dans les âmes que dans les bâtiments, a fasciné le monde par son horreur. C'est, je suppose, parce que c'est un cas limite : le maximum de cynisme et le minimum d'éthique. Tous les racismes tentent de se justifier. Ici l'intérêt du vainqueur se présente sans fards et sans réserves ; n'importe qui et n'importe quoi doit être sacrifié pour l'édification de la grande Allemagne. C'est, en quelque sorte, le profit pur. Ainsi la monstruosité, presque incompréhensible, des procédés nazis, s'éclaire un peu : si, comparativement au but poursuivi, l'être humain n'a plus de valeur, il devient un objet utilitaire, en effet. On peut faire du savon avec sa graisse, des abat-jour avec sa peau et du tissu avec ses cheveux. Pourtant même cette limite dans l'horreur restait élastique : les nazis proféraient bien une « théorie » sur les Juifs, mal absolu dans le corps social ; mais ils n'en tenaient pas compte lorsque la production l'exigeait. Ils se servaient des bras juifs lorsqu'ils manquaient de bras, de l'image mythique du Juif lorsqu'ils avaient besoin d'arguments pour leur propagande. C'est toujours l'utilité qui commandait ; simplement, ce n'était pas toujours la même.

A cet égard, le Juif était particulièrement commode. Stéréotype négatif déjà largement répandu, il pouvait aisément servir de dérivatif à l'agressivité du peuple allemand, comme du reste des peuples conquis. En outre, sans refuge territorial, il ne pouvait offrir aucune résistance, il ne bénéficiait d'aucune protection sérieuse : on pouvait aller aussi loin que possible dans l'agression, jusqu'au meurtre collectif. Ce qui fut fait. Mais les nazis ont agi de même avec les Gitans ou les homosexuels, considérés et traités comme d'autres sous-hommes. Il est intéressant de noter qu'il s'agit encore de minoritaires sans recours. Hitler, dans *Mein Kampf*, avait également averti de la nécessité de nettoyer l'Europe du sang nègre. Les Français, accusés, en se négrifiant eux-mêmes, d'avoir amené ce sang jusqu'au bord du Rhin, devaient subir un sérieux lessivage. Que serait-il arrivé si les nazis avaient gagné la guerre ?

Ainsi les leçons de l'Histoire sont claires : le racisme ne se limite ni à la biologie ni à l'économie ni à la psychologie ni à la métaphysique : *c'est une accusation à géométrie variable*, qui utilise tout ce qui se présente, et même ce qui ne se présente pas, puisqu'elle invente à l'occasion. Pour fonctionner, il lui faut un pivot, n'importe lequel : la couleur de la peau, les traits du visage, la forme des doigts, ou le caractère, les mœurs... Si rien de cela n'est convaincant, il proposera quelque trait mythique : un sang d'une teneur particulière, une malédiction ancestrale. En cherchant bien, on trouve toujours de quoi étayer n'importe quelle fable : des rumeurs ou même le commentaire de textes traditionnels interprétés. Même les démêlés des Juifs avec leur propre dieu sont retournés contres eux : n'ont-ils pas été désignés par lui à la vindicte universelle ? De la même manière j'ai souvent entendu raconter dans mon enfance, le plus sérieusement du monde, les origines de la servitude noire : on sait que les trois fils de Noé, Sem a engendré les Sémites, lesquels ont reçu la Loi, Japhet a engendré les gens du Nord, lesquels ont hérité du Savoir technique, et Ham a donné les Hamites, c'est-à-dire les Noirs, lesquels... n'ont rien obtenu. Et voilà pourquoi votre fille est muette : voilà pourquoi les Européens peuvent, avec la bénédiction de la Providence, dominer les Africains. C'est la première version de l'explication de la colonisation par la « colonisabilité » des indigènes... Peu importe le support, on le voit, l'essentiel est que, sur cet axe, le racisme puisse s'appuyer et fonctionner comme une balançoire : *l'accusateur s'élève en abaissant sa victime.*

LE TÉMOIGNAGE DES VICTIMES...

J'eus bientôt l'occasion de vérifier ces conclusions, avec des moyens qui dépassaient les miens propres. Jusqu'ici, à partir de mon expérience, j'avais en somme procédé par intuition et raisonnement. Je n'avais pas fourni la preuve de ce que j'avançais; je m'étais borné à montrer, alors qu'il fallait aussi démontrer. Le hasard allait me fournir cette possibilité; hasard qui prit un double aspect: le courrier des lecteurs et, d'autre part, une enquête menée pour le compte d'un mouvement antiraciste, le M.R.A.P.[a].

A la suite de mes textes sur le problème colonial, je reçus plusieurs lettres où l'on m'informait que les schémas mis en lumière valaient pour des relations similaires. Mes lecteurs québécois, par exemple, affirmaient qu'ils vivaient avec les Canadiens anglais selon des modalités coloniales. Ils m'invitèrent à vérifier sur place cette allégation; ce que je fis quelque temps après. Je dus, à la fois, leur donner raison et tempérer leurs ardeurs identificatrices. La relation quasi coloniale, en effet, qui les liait aux anglophones se nuançait d'un troisième partenaire, absent et omniprésent: les U.S.A. D'autre part, la richesse relative du Québec en faisait une colonie économiquement enviable; ce qui était insolite. Il y avait aussi l'extraordinaire rapport à la France, pays d'origine des familles québécoises, repère, référence et nostalgie, devenu largement mythique, puisque les deux partenaires avaient évolué chacun de son côté. Bref, à côté des ressemblances et des similitudes avec la colonisation classique, on trouvait au Québec des spécificités dont il fallait tenir compte. Mais je reconnus chez les Anglais de nombreux traits du colonisateur; ne serait-ce qu'un dédain, à peine retenu, pour les mœurs, la culture ou la langue des Québécois, dont ils tiraient profit. Il y avait bien là l'esquisse d'un racisme, en tout cas un évident ostracisme. Vrai aussi que les francophones en souffraient et que les anglophones y trouvaient des avantages, qui n'étaient pas seulement économiques. J'en convins dans quelques textes, dont un entretien « Les Canadiens français sont-ils des colonisés ? » qui fit quelque bruit et qui fut, depuis, sans cesse réédité au Québec. Vers la même époque, des mouvements féministes naissants adoptèrent des slogans, « La femme est le colonisé de l'homme », ou « La femme est le prolétaire de l'homme », lesquels, sur un fond de vérité, ne me paraissaient pas tout à fait adéquats non plus. La dimension économique, si importante soit-elle, n'est pas complètement déterminante dans l'oppression de la femme. Une femme, seule dans la rue, a peur, quel que soit son statut social. La transformation des conditions économiques ne suffira probablement pas à changer la condition féminine. (On l'a bien vu depuis : la mise au point de la pilule a plus fait pour la femme que toutes les batailles syndicales, et que des volumes de rhétorique.) Le schéma colonial n'épuisait pas davantage la relation entre les femmes et les hommes, à cause de la complexité spécifique de cette relation, fondée aussi sur une attirance, une dépendance réciproques, et sur une même responsabilité parentale. Le colonisé et le colonisateur ne s'aiment pas d'amour et n'ont pas, en tant que tels, d'attirance érotique. Pourtant, là encore, par-delà des différences notables, je retrouvai les traits habituels aux relations d'oppression-sujétion : une dévalorisation systématique des femmes, dont les hommes tirent profit : tous les hommes, de toutes les femmes. J'exposai tout cela. Cela me valut d'être contacté par un jeune mouvement féminin qui s'intitulait alors M.F.A., ou Masculin-Féminin-Avenir, et qui devint plus tard le M.L.F., le mouvement de la libération de la femme. Je lui dédiai un texte consacré à Simone de Beauvoir et intitulé *Plaidoyer d'un tyran* : le tyran étant l'auteur, représentant de tous les hommes.

Mais c'est la rencontre, et les amitiés qui s'ensuivirent, avec les Noirs américains, qui furent les plus éclairantes pour moi. Dans ces affaires, on n'écoute ordinairement que l'oppresseur ; ce n'est pas étonnant : il est seul à parler. Il accuse, il calomnie, il impose sa loi, il s'explique pour légitimer son agression. La victime ne fait que gémir, ce qui, souvent, agace. Voudrait-elle convaincre, elle ne le pourrait guère : la voix de l'opprimé est peu entendue, sinon systématiquement étouffée. Souvent, par sentiment de son impuissance ou, pire, par intériorisation de sa défaite, l'opprimé se résigne de lui-même à se taire. Or, le discours des Noirs américains me surprit par sa vigueur et, en quelque sorte, par son insolence. Par exemple, contrairement à la plupart des opprimés, le Noir parle ouvertement de sa biologie. Il ne viendrait guère à l'idée d'un minoritaire[1], du colonisé, du Juif, de parler le premier de ses différences biologiques. Ce sont les dominants qui s'en servent contre leurs dominés respectifs, lesquels réagissent comme ils peuvent à un discours infamant. Le Juif trouve son portrait biologique plutôt dérisoire, signe de la débilité

---

1. Sur la notion de minoritaire, je me suis assez expliqué ; je rappelle simplement que ce n'est pas une notion purement démographique : on peut être *minoré* de plusieurs manières. Dans ce sens large, les femmes et les colonisés, démographiquement plus nombreux que leurs dominants, sont minorés par eux ; les Noirs américains et les Juifs sont doublement minoritaires.

intellectuelle ou de la perversité de ses bourreaux. Le Noir, lui, prend sa description physique au sérieux, y réagit vivement, et de plusieurs manières. A cet égard, il est à rapprocher plutôt de la femme. Dans un texte rédigé à l'époque, j'avais noté que les Noirs dépensaient des sommes importantes à tenter de se faire blanchir et à décrêper leurs cheveux. Les choses ont bien changé depuis. *Retour du pendule* encore, maintenant ils accentuent au contraire leurs particularités, se coiffant comme les Noirs d'Afrique. Après avoir subi l'insulte dans leurs corps, ils le magnifient. L'on voit même aujourd'hui des Blancs adopter, par solidarité, la même conduite inversée. Quelques jeunes gens poussent même l'identification jusqu'à se faire une tête africaine, du moins telle qu'ils l'imaginent, grosse tignasse crépue pour les garçons ; fines tresses multiples, ornées de perles, pour les filles.

J'ai dit plus haut, et ailleurs, ce que je pense du retour du pendule et des contre-mythes ; je n'y reviendrai pas. Si je comprends ces excès, je me refuse à les encourager. Je continue à penser que ce n'est pas rendre service à un opprimé que de lui emboîter le pas dans ses phantasmes, quels qu'ils soient. Il n'est pas plus légitime d'affirmer que Dieu est noir que d'affirmer qu'il est blanc. Il n'est pas plus merveilleux d'avoir la peau noire et un nez aplati que d'avoir une peau blanche et un nez pointu ; il n'est pas plus glorieux d'avoir un vagin plutôt qu'un pénis, ni l'inverse. Ce n'est pas une vertu d'être noir, juif ou femme, de même que ce n'est pas une vertu d'être blanc ou homme. Cela dit, le contre-mythe, biologique ou autre, est la réponse de la bergère au berger, lequel a trop longtemps confondu noirceur et laideur. Il était inévitable, il fallait pour un temps, le plus court possible j'espère, que le Noir réaffirme sa biologie propre. Il ne pouvait pas refuser indéfiniment le combat qui lui était imposé. Un ami noir me disait avec tristesse « un Juif n'est pas obligé de se déclarer Juif ; comment, moi, pourrais-je passer inaperçu ? ». Or, le Blanc lui ayant longtemps affirmé que ses lèvres importantes étaient une anomalie, il fallait bien qu'un jour il lui rétorque que c'étaient les lèvres trop minces qui étaient disgracieuse. Jusqu'ici un jugement, à peine voilé, privilégiait le Blanc au départ. Parce que le Blanc est considéré comme la norme, le Noir devenait anormal. Le jour où le Noir décide qu'il est à lui-même son canon de beauté, le modèle blanc devient caduc et même inférieur. Souhaitons qu'un autre jour arrive où l'on admette enfin qu'il existe plusieurs canons, admirables chacun dans son contexte.

Nous y serons grandement aidés si nous nous avisons enfin d'un fait remarquable : *la différence est toujours à double entrée*. Pour les immigrants européens en Amérique, les Indiens étaient des « peaux rouges » ; mais pour les Indiens, les Européens étaient des « visages pâles ». Les hommes jugent la féminité fragile, maladroite, inefficace ; les femmes jugent la masculinité brutale et grossière. Qui a raison ? Evidemment les deux et personne. De même pour l'égoïste myopie des majoritaires : ils ne voient pas que l'étonnement, le malaise est réciproque. Si une différence a été privilégiée, c'est au nom de la loi du vainqueur, imposée par sa main de fer. Et le pire : cette loi particulière, intériorisée par les vaincus, est devenue la seule loi reconnue. On s'avise à peine de cette évidence que, pour un Noir, la Noire puisse être la plus belle des femmes et que, pour l'Esquimaude, son nourrisson est le plus beau bébé du monde. Pour parler d'une beauté indiscutable, la Bible disait « belle comme une Ethiopienne » ; c'est que l'Ethiopie était un empire puissant. Puis les Noirs furent partout écrasés. Pour légitimer l'esclavage, il a fallu dévaloriser les particularités biologiques des Noirs. Tout s'accroche à ce mât central : ainsi la prétendue — ou réelle — puissance sexuelle des Noirs, leur odeur particulière — vraie ou fausse. On aurait pu dévaloriser les Roux, si les esclaves avaient été roux ; — et les Roux auraient dévalorisé les Blancs et les Bruns s'ils avaient été les maîtres du jeu.

... ET LES CONFIRMATIONS DE L'EXPÉRIENCE

Parallèlement à cette vérification par le discours des victimes, le hasard me proposa un test plus expérimental.

Le M.R.A.P. donc, ce mouvement de lutte contre le racisme, souhaitant donner à son action une base plus solide, voulut se doter d'arguments plus éprouvés que les habituelles reparties polémiques. Ses dirigeants décidèrent de commanditer une enquête sur le racisme en France et me demandèrent si je voulais m'en occuper. J'acceptai. Mais comme l'entreprise dépassait les possibilités d'un seul homme, je m'associai avec un excellent sociologue, P. H. Maucorps, qui disposait en outre d'une équipe de jeunes chercheurs enthousiastes, et nous nous mîmes au travail.

C'est alors que nous découvrîmes une objection

assez embarrassante. Pour économiser les deniers, fort limités, du M.R.A.P., nous étions convenus de faire diffuser notre questionnaire par son journal. Or les lecteurs de cet hebdomadaire étaient tous, à priori, des antiracistes. Notre démarche devenait paradoxale : voulant étudier le racisme, nous nous adressions à des gens qui le condamnaient. Ce qui nous fut d'ailleurs reproché. Mais, toute réflexion faite, nous décidâmes d'utiliser ce paradoxe même : si les antiracistes, ou présumés tels, laissaient percer des sentiments racistes, cela prouverait à fortiori combien le racisme était une attitude coutumière et profonde. Et nous fîmes bien ; le résultat le démontra largement. (C'était du reste une enquête d'opinion : personne, sauf de très rares cas, ne s'avouant raciste, force était de s'adresser à de prétendus observateurs.)

L'ouvrage que nous rédigeâmes, d'après les procès-verbaux de l'enquête, a les défauts du genre : à la fois trop détaillé et un peu pesant. Mais les descriptions, les corrélations établies, les conclusions que nous nous crûmes autorisés à présenter au public, restent confirmées à ce jour. La lenteur et la minutie des analyses nous permirent de bien cerner les différents signes des manifestations racistes : opinions, attitudes, conduites, et de les mettre en relation avec les différents types de victimes : Juifs, Arabes, Noirs, Gitans, etc. Nous poussâmes le souci de l'inventaire jusqu'à étudier ces manifestations selon les lieux et les moments où elles se produisent.

Pour moi, ce travail collectif confirmait heureusement mes hypothèses de départ : *par-delà les variations dues aux différents duos, entre les racistes et leurs différentes victimes, les mécanismes généraux du racisme se retrouvaient à peu près identiques dans une société globale* ; en l'occurrence, la France, à travers les divers groupes qui la composent, à travers les différentes circonstances où se manifeste le racisme.

Je n'ai pas refait la même enquête pour d'autres pays, mais ce que je savais des Noirs américains, des colonisés maghrébins, des Québécois, me permettait de croire que de telles enquêtes ne changeraient pas grand-chose à nos résultats. Mes amis voulurent bien me confier particulièrement la rédaction de l'introduction et de la conclusion de l'ouvrage, où je rappelai ma définition du racisme et en constatai la généralité et l'extension, à la lumière, cette fois, des enseignements du « terrain ».

II

Définitions

L'ordre de la logique n'est pas toujours celui de la vie. En bonne méthode, la définition aurait dû être l'aboutissement de cette longue recherche. En fait, j'en avais tenté déjà plusieurs esquisses. Et lorsque Lucie Faure, la directrice de *La Nef*[a], voulant publier un numéro spécial sur le racisme, me demanda d'y collaborer, je n'eus pas besoin de grands efforts pour rédiger un texte intitulé « Le racisme, essai de définition ». Je repris les quatre points énumérés dans le *Portrait du colonisé*, puis développés dans le *Portrait d'un Juif* et les fis suivre d'un commentaire, terme à terme, à la manière spinoziste. Ce fut cette rédaction que je proposai comme hypothèse de travail pour l'enquête du M.R.A.P. Plus tard, j'incorporai cette étude dans *L'homme dominé* où, augmentée de la conclusion, elle lui servit en quelque sorte de résumé sous le titre général « Racisme et oppression ».

L'article « Racisme » qui me fut demandé par l'*Encyclopaedia universalis* est le résultat de tout ce cheminement. Il diffère toutefois des textes précédents sur deux points importants.

Il s'en tient à une acception stricte du racisme, c'est-à-dire au sens biologique. Je répondais ainsi à une objection qui m'avait été faite. J'ai assez répété maintenant que, pour moi, *l'accusation biologique, malgré son ampleur, tout au moins chez nos contemporains, n'est pas l'essentiel du racisme*. Elle en est le prétexte et l'alibi. Mais il y a intérêt à distinguer, au moins pour la forme, l'accusation strictement biologique des autres. Ce que je fis à l'occasion de cet article.

La deuxième précision portait sur la fonction du racisme. J'avais en somme montré que, par-delà le délire du raciste, ses incohérences et ses contradictions, *le racisme a une fonction* : en gros, il balise et légitime une dominance. Est-il nécessaire de détailler cette dominance, par les avantages qu'elle procure, dans une définition, laquelle doit viser à la plus grande brièveté possible ? Je me décidai, finalement, pour l'affirmative. Du reste, la difficulté n'est pas tellement grave ; c'est plutôt une affaire de formulation, j'y reviens à l'instant. Par contre, je n'ai jamais hésité sur ce qui me paraît fondamental : *la liaison organique entre racisme et dominance*.

Et, sans doute, je continue à penser que le racisme, ou, plus généralement, le mécanisme qui le sous-tend et dont il est un cas particulier, résume et symbolise tout ce que j'ai écrit en ces domaines. Dans cette perspective, il contient tout et on peut tout y retrouver : la domination et la sujétion ; l'agression et la peur, l'injustice et la défense des privilèges, le plaidoyer du dominant et son autopersuasion, le mythe et l'image négative du dominé, la destruction enfin, la

néantisation de la victime au profit de son bourreau [1].
A condition, évidemment, que l'on aperçoive bien cette généralité de la démarche raciste. Il ne s'agit pas d'un cercle, où je demande que l'on m'accorde d'avance ce que je prétends démontrer ; c'est s'en tenir aux conduites constatables du plus grand nombre.

SENS LARGE ET SENS ÉTROIT

Résumons-nous : il existe, certes, un raciste au sens strict : celui qui, se référant à des différences *biologiques* entre lui et autrui, en profite pour accabler cet autrui et pour en tirer avantage. Qui croit pouvoir rassembler ces traits différentiels en constellations cohérentes, qu'il nomme des *races* : celle d'autrui, impure et haïssable ; la sienne : pure et admirable. Qui, s'autorisant de cette supériorité particulière, prétend jouir légitimement d'avantages d'un autre ordre : économiques, par exemple, ou politiques, ou encore psychologiques ou simplement de prestige.

Mais il existe aussi, indéniablement, un racisme au sens large — le mot ne convient alors plus guère — où l'accusateur, négligeant ou non les différences biologiques, se complaît toutefois dans la même attitude, au nom d'autres différences. Il s'agit toujours de se valoriser et de dévaloriser autrui, pour aboutir à la même conduite : une agression, verbale ou effective. De sorte que l'on ne peut interpréter convenablement l'un sans comprendre l'autre. Et, puisque le second est

1. Voir à la fin de cet ouvrage, dans ses Annexes, « Essai de définition commentée ».

bien plus étendu que le premier, il m'a semblé logique de replacer le racisme biologique, qui est un phénomène relativement récent, dans une démarche plus commune et plus ancienne.

Quoi qu'il en soit, il m'a semblé possible, *à la fois, de distinguer ces deux sens du racisme et de les englober dans une définition commune.*

RAPPEL DE LA DÉFINITION

Le raciste, au sens strict, est celui qui affirme vigoureusement l'existence de différences biologiques : couleur de la peau, forme du nez, dimensions du crâne, courbure du dos, odeur, composition du sang, ou même manière de se tenir, de marcher, de regarder... On a tout entendu. Pour le raciste, ce sont là des évidences.

Naturellement, on peut les lui discuter, l'accuser de mauvaise foi ou de vision défectueuse ; on peut dénoncer sa fausse information, démonter sa pseudo-science. Il est souvent aisé de montrer qu'il s'agit de différences prétendues, inventées ou interprétées pour les besoins de sa cause. Peu importe : il fait comme si elles existaient, dans son discours et sa conduite. De sorte qu'il apparaît clairement que la mise en relief de différences, réelles ou imaginaires, n'est qu'un levier commode pour autre chose qu'elle-même : la mise en question d'une victime.

D'où, la conséquence logique : *ces traits d'autrui ont toujours un coefficient négatif* : ils sont significativement mauvais. Deuxième résultat : ils signifient, du même coup, que ceux du raciste sont bons. Retenons cette corrélation inverse : on la retrouve toujours, même si elle n'est pas toujours apparente, même si l'ordre des arguments n'est pas toujours le même. Pour utiliser une notion qui m'a beaucoup servi dans l'étude de la dominance-sujétion, comme dans celle de la dépendance-pourvoyance, disons qu'il existe, entre le raciste et sa victime, un *duo* : le raciste est aimable puisque sa victime est détestable. L'univers du raciste est celui du bien, l'univers de la victime est celui du mal.

D'où, enfin, une conclusion pragmatique, que le raciste juge aussi légitime : il doit donc se protéger, et protéger les siens, contre la pollution de ce mal, contre l'agression, même potentielle, de ces autres ; au besoin en attaquant le premier. Les Juifs ont les doigts crochus, les mains moites et le nez fureteur ; ce qui indique leur habileté à soutirer de l'argent : *donc* l'autodéfense exige que l'on soit antisémite. Comparés aux Blancs, les Noirs possèdent une puissance érotique perverse : *donc*, on doit protéger les femmes et la race blanche ; dût-on procéder à des lynchages.

Or, cette relative cohérence dans la folie agressive et intéressée du racisme au sens strict, se trouve *précisément confirmée par l'existence du racisme au sens large* : il est curieux que si l'on ne m'a jamais contesté la définition stricte, fondée sur les différences biologiques, lesquelles sont souvent négligées, on a rechigné devant le sens large, qui seul, pourtant, donne la clef du premier.

Là encore, pourtant, je n'ai fait que formuler un constat. Ce mécanisme d'exclusion argumenteuse et compensatrice, qui prépare une expulsion concrète, se retrouve dans un grand nombre d'autres rapports humains, où la biologie est absente ou vague. Il fait partie d'un ensemble, plus ou moins confus, où dominent la peur et l'agression ; la peur poussant à l'agression et l'agression suscitant la peur. Ou, plus en détail : la peur pousse à l'agression, l'agression suscite l'agression, l'agression provoque la peur. Comme souvent dans les affaires humaines, c'est un cercle, qui s'alimente de lui-même et qui se reforme sans cesse. Voilà pourquoi on peut également décrire le racisme en commençant par la peur ou par l'agression : l'un engendre l'autre, comme la poule l'œuf et l'œuf la poule. *Le raciste est un homme qui a peur* ; qui a peur parce qu'il agresse et qui agresse parce qu'il a peur. Qui a peur d'être agressé ou qui a peur parce qu'il se croit agressé ; et qui agresse pour exorciser cette peur. Pourquoi cette peur d'être agressé ? Généralement pour arracher ou défendre quelque bien. J'ai assez dit maintenant comment ce bien peut revêtir des formes diverses. De toute manière, il faut défendre l'intégrité du moi individuel et du moi collectif, prétendument ou réellement menacé, contre tout ce qui vient de l'extérieur ou qui n'en fait pas exactement partie. Mais, la défensive oblige à l'offensive et l'inverse. Devenant agresseur, on s'attend à recevoir des coups : la peur alimente la peur et l'agression alimente l'agression. On le voit : *l'affirmation raciale est un outil dans cette affirmation de soi*. Outil détestable, mais parmi d'autres, dans le resserrement du corps collectif, l'exaltation de ses traits spécifiques et, corrélativement, l'abaissement des autres. Ce n'est pas un hasard si le nationalisme se transforme si souvent en chauvinisme, c'est-à-dire en une réduction agressive des autres nations.

Du reste, l'argument racial, n'ayant plus bonne presse, nombreux sont les racistes qui l'abandonnent volontiers... ils n'en accusent pas moins, ils ne se privent guère pour cela d'agresser leurs semblables, si l'on peut dire en l'occurrence. Ils ont tant d'autres différences néfastes à leur reprocher ! La psychologie, la culture, les mœurs, les institutions, la métaphysique même, fournissent leur contingent de scandales. Ils ne détestent plus les Arabes parce qu'ils ont le teint basané ou la physionomie levantine, mais parce qu'ils pratiquent « avouons-le » une religion ridicule, traitent mal leurs femmes, sont cruels, ou, simplement, retardataires. Tous les Juifs ne ressemblent pas au Juif errant, soit, n'ont pas les doigts crochus et le nez rond ; mais « reconnaissez » qu'ils sont en général avides, cosmopolites, portés sur la trahison et, d'ailleurs, les évangiles l'ont dit : capables de sacrifier même Dieu. Les Allemands, les Anglais, les Italiens n'ont pas un physique particulier (bien que les Italiens...), mais en tout Allemand il y a un Prussien qui sommeille et, maintenant, un industriel obstiné à régenter l'Europe ; en tout Anglais, il y a un adversaire déloyal, qui n'a jamais renoncé à la maîtrise des mers, à étouffer la France et, maintenant, qui ne cherche, dans le Marché commun, que ses intérêts (comme si les autres partenaires y cherchaient autre chose). Quant aux malheureux Italiens, c'est le désordre, la couardise, le chapardage — voyez ces tragiques et ridicules Brigades rouges. Ajoutons depuis peu les Japonais (qui se mêlent d'agir comme ont toujours agi les nations industrialisées ; et encore, les temps ont changé : les nations coloniales n'hésitaient pas à employer la force, voir la guerre de l'opium). Et même les Arabes, qui veulent imposer leurs prix ! (comme l'ont toujours fait tous les détenteurs d'un monopole)... Or tout cela signifie *aussi* que le Français, lui, est humaniste, mesuré, loyal, généreux (jusqu'à la bêtise quelquefois : mais c'est par excès de qualité !), organisé juste ce qu'il faut : ni trop comme les Allemands ni trop peu comme les Italiens, courageux (pas comme les Italiens), mais pas soumis (comme les Prussiens)... il n'y a qu'à prendre le contre-pied de toutes les vicissitudes des autres peuples pour obtenir le portrait positif du Français par lui-même.

Naturellement, cette double description peut être refaite en fonction de la perspective de chacun. Chacun possède son stock d'images autosatisfaites de lui-même et d'images peu flatteuses des autres. (En chacun d'entre nous, individu ou groupe, il existe aussi des attitudes, des discours et conduites, autodévalorisantes et même autodestructrices ; mais nous sortirions de notre propos.) Tout cela est contradictoire ; ce qui devrait inciter chacun à la modestie, sinon à une sage ironie sur soi-même et sur l'humanité. Mais, pour cela, il y faudrait de l'imagination et la volonté de se mettre en pensée à la place d'autrui. Il faudrait précisément cesser d'être raciste, puisque le racisme est, au contraire, un parti pris d'inégalité. Peu importe si, à l'intérieur de chaque description, les traits forment ou non un ensemble cohérent. Il ne s'agit pas de logique raisonnante mais d'une autre sorte de logique : celle de la peur et de la passion.

Bref, si je ne voulais pas renoncer à compter parmi les racistes tous ceux qui pratiquent les mêmes exclusions sans utiliser l'alibi biologique, il me fallait bien admettre ce *mécanisme général*, auquel le racisme ressemble si fort, comme un fils rappelle un père, qui l'annonce et l'englobe. Il fallait bien énoncer *une définition plus ouverte*, qui rende compte de *tous* les alibis : le biologique, certes, mais aussi les autres.

La voici pour mémoire :

Le racisme est la valorisation, généralisée et définitive, de différences, réelles ou imaginaires, au profit de l'accusateur et au détriment de sa victime, afin de justifier une agression.

Une définition, que l'on m'excuse de me répéter[1], n'est qu'un outil, une formule opératoire. Trop large, elle manque son but : couvrant un domaine trop étendu, elle ne saisit rien adéquatement. Trop étroite, elle laisse, en dehors d'elle, trop de ce réel, qu'elle prétend cerner. Je n'ai pas su faire plus court, comme disait Pascal, ni cru devoir développer davantage. J'ai tenté d'inclure le maximum de sens dans un minimum de mots. Il ne fallait pas que, par souci d'élégance, l'essentiel ne soit pas atteint ; ni que, par boulimie, elle se transforme en description. Je ne prétends pas davantage que toutes les difficultés, inhérentes à ce difficile sujet, en aient disparu ; mais il me semble qu'elle contient tout ce qu'il faut pour les résoudre.

En somme, l'objection principale que l'on m'a faite, revenait à ceci : cette définition étendue risquait de noyer l'accusation et de laisser échapper l'exacte spécificité du racisme, lequel se réfère toujours à la

---

1. Voir A. Memmi, *La dépendance, op. cit.*

race et à la biologie. Or, cela est objectivement faux : beaucoup de gens parlent et se conduisent en racistes, mais haussent les épaules quand on les en accuse. En outre, la réponse formelle à cette difficulté est aisée : rien n'empêche d'avoir *deux* formulations de la même définition. L'une qui rende compte du sens étroitement biologique, l'autre, de tous les autres sens.

Or, ici, par chance, le dieu du langage est venu à mon secours. Toute l'affaire se résume en somme à ce terme de biologique : il suffit donc de l'ajouter ou de l'ôter pour obtenir la formulation stricte ou la formulation large, sans rien changer aux analyses précédentes. On obtient ainsi : « Le racisme est la valorisation de *différences biologiques*, réelles ou imaginaires, etc. » ou plus largement : « Le racisme est la valorisation de *différences*, réelles ou imaginaires, etc. »

A l'opposé, on m'a suggéré de condenser davantage. J'avoue n'en avoir pas été, non plus, convaincu. J'ai pensé un instant écrire plus lapidairement que *le racisme est le refus d'autrui*. Ce qui est vrai, mais insuffisant au point de friser la fausseté. L'indifférence est déjà une espèce de refus ; et, après tout, tout refus n'est pas agressif, ni dévalorisant : je peux refuser quelqu'un tout en admettant sa supériorité, sur un plan sinon sur tous. Il existe des gens qui n'aiment pas les Juifs, tout en affirmant qu'ils leur reconnaissent certaines qualités. Et bien que le compliment fait à une victime, à un accusé, soit souvent subtilement empoisonné : le Juif serait *trop* intelligent (pour n'être pas corrosif), le Levantin serait *exagérément* aimable (pour n'être pas sournois). Certes, il est quelquefois difficile de ne pas déceler quelque animosité dans le refus, mais on n'est pas obligé d'aimer tout le monde. C'est peut-être un admirable idéal mais l'essentiel, pour le moment, est de ne pas faire de tort à autrui. D'autre part, si tout racisme est une agression, l'inverse n'est pas vrai : toute agression n'est pas du racisme. Porter des coups à un ennemi, même préventivement, n'est pas un signe irrécusable de racisme ; on peut même respecter, admirer un adversaire. Le racisme relève d'une certaine motivation : il utilise une machinerie mentale particulière, en vue d'une fonction précise. Il ne suffirait même pas de dire que c'est un refus agressif d'autrui : c'est un refus agressif pour une fin déterminée, et justifiée par un discours déterminé. Sa définition doit rendre compte de cette complexité ; en appauvrir exagérément le libellé serait manquer sa spécificité.

De la même manière, à propos de la *finalité* du racisme : deux formulations sont possibles, l'une selon un sens restreint, l'autre selon un sens large : si l'on s'en tient à l'agression en général ou si l'on veut indiquer les fruits de l'agression, c'est-à-dire une domination ou un privilège. Le plus souvent, en effet, un privilège ne paraît tel, que s'il est vécu comme une injustice, en particulier au détriment des plus démunis. Un avantage qui serait admis par tous n'aurait pas besoin de justification. Une domination n'est mal vécue que si elle est ressentie comme une agression durable. On peut s'arrêter au niveau du *comment* : le racisme est une agression. On peut se demander aussi *pourquoi* on agresse : le racisme est une agression motivée, par la peur de perdre quelque bien que l'on possède, ou par la peur d'un adversaire à qui l'on cherche à arracher quelque bien et qu'il faut dominer pour cela. En somme, par la défense d'un avantage, réel ou potentiel.

De toute manière, la dualité, si dualité il y a, se résorbe dans le mécanisme commun à toute démarche raciste : la peur et l'agression, l'une engendrant l'autre. La peur accompagne toute entreprise d'hostilité. Pour être totalement serein, il faudrait supposer un adversaire, ou une victime, si totalement désarmée que le risque serait nul. Le racisme est aussi une réaction préventive à la réaction plus ou moins imprévisible de l'adversaire. Sous des aspects divers, la peur est toujours là : on a peur parce qu'on se prépare à agresser autrui et on a peur, à tout hasard, d'autrui. On a peur de l'inconnu, on a peur d'être envahi par lui, on a peur qu'il ne vous arrache, lui, quelque bien, matériel ou symbolique : « Ils nous prennent nos places », « Ils nous enlèvent nos femmes et nos filles », « On n'est plus chez nous »... La menace peut être plus subtile encore : au moment où je corrige les épreuves de ce livre une association de pédagogues spécialisés a bien voulu m'associer à l'une de ses préoccupations : y a-t-il quelque parenté entre le racisme et l'attitude des gens dits normaux envers les handicapés physiques et mentaux ? Oui, je le crois. On y trouve, au départ tout au moins, le même rejet à base de peur, quelquefois l'esquisse d'une agressivité défensive, et même, peut-être, un souhait obscur de suppression. Là encore, hélas, les passages à la limite sont éclairants : le nazisme a tenté d'exterminer les malades mentaux ; et je ne suis pas sûr que l'euthanasie ne procède pas, partiellement, du même malaise. De même que le refoulement des infirmes accidentés de la route dans des villages où ils « peuvent » vivre entre eux, c'est-à-dire hors de nous. Pourquoi un tel rejet ? Sinon parce qu'il nous renvoie de nous-mêmes une image qui met en péril notre équilibre psychique, c'est-à-dire l'un des biens les plus précieux ?

Cela dit, s'il faut mettre en garde, ce n'est pas pour culpabiliser. Au contraire : la prise de conscience de ce qui nous agite obscurément peut nous aider à mieux traiter les handicapés. J'ajoute, je répète que ce malaise, s'il peut être un ingrédient d'une conduite raciste, n'est pas encore du racisme. Le racisme commence véritablement lorsqu'on prépare ou justifie cette agression par la dévalorisation d'autrui, quand on met en place la machine de destruction idéelle de l'adversaire, laquelle prépare sa spoliation et sa destruction concrète.

En vérité, la seule difficulté, qui dépasse les problèmes de formulation, est de savoir s'il y a toujours privilège. Elle est cruciale, puisqu'elle commande tout le reste : s'il existe toujours quelque bien à arracher, ou à défendre contre autrui, alors le racisme est *toujours possible*. Je ne puis que le confirmer une fois de plus : oui, pour le moment du moins, ma réponse est positive.

Dans le cas du nanti, la réponse est évidente. Par précaution, toutefois, on pourrait prévoir un cas limite. Il n'y a privilège, avons-nous dit, que lorsqu'il y a conscience d'une injustice. Un privilégié, qui serait parfaitement convaincu de ses droits, n'éprouverait pas le besoin d'être raciste. On peut supposer qu'un individu, ou un groupe dominant, qui ne douterait pas du tout de lui-même, ne songerait même pas à se justifier. Le racisme ne lui serait d'aucune utilité. On m'avait ainsi objecté que certains colonisateurs, ne doutant pas de la légitimité de la colonisation, ne présentaient pas les conduites réactionnelles que je leur attribuais. Peut-être. Personnellement, je n'en ai pas rencontré. J'ai toujours assisté à des tentatives, plus ou moins convaincues, de justification ; à des accusations plus ou moins justificatrices. L'un des meilleurs sociologues français, Roger Bastide, me disait que les grands bourgeois européens n'étaient pas racistes. Preuve : leur cosmopolitisme et la facilité avec laquelle, à l'instar des gens couronnés, il contractent des mariages mixtes. Je n'en suis pas entièrement convaincu non plus. Ni le cosmopolitisme ni les mariages exogamiques n'ont jamais empêché la xénophobie. Disons que, par situation, ils découvraient mieux la relativité des êtres et des cultures et qu'il leur était moins facile d'être dupes. *Or le racisme est aussi une autoduperie* : il faut bien se tromper sur soi-même, autant que sur les autres, pour croire à sa parfaite supériorité et à son parfait bon droit. Il y a chez le raciste un sentiment de supériorité, fondé sur une hiérarchie entre lui et sa victime : hiérarchie, sinon supériorité, quelquefois objective, puisque le raciste a souvent des *privilèges objectifs*. Mais on peut être manchot, misérable, intellectuellement peu doué et se croire supérieur à n'importe quel Noir ou n'importe quel Arabe, fussent-ils riches, beaux et diplomés. Retenons que chez le nanti, la violence du discours, le racisme qui en découle, sont inversement proportionnels à sa conviction. Corrélation qui est, déjà, instructive.

Par contre, dès qu'il y a privilèges, aperçus et vécus

comme tels, même très relatifs, même dérisoires, le mécanisme de compensation se déclenche. « Les indigènes n'ont que ce qu'ils méritent », nous répétait inlassablement l'un de nos professeurs du lycée Carnot de Tunis, brave homme au demeurant, mais qui, ayant bénéficié d'un petit lot de colonisation, n'arrivait pas à surmonter sa culpabilité. « Ce sont des fainéants, des menteurs, incapables de cultiver correctement, tout juste bons pour du " travail arabe ", alors que les ouvriers de chez moi, etc. » Puis, sans crainte de la contradiction, passant à ces mêmes ouvriers métropolitains, il révélait qu'il en pensait encore moins de bien « Ils n'avaient qu'à gagner eux aussi la colonie ! » « Ils auraient obtenu, eux aussi, des lots de colonisation. Mais, fulminait-il avec un immense mépris, ils préfèrent la crasse de leur petite vie à l'aventure ! » Nous devions comprendre que si, lui, bénéficiait de ces avantages, c'est qu'il les avait mérités, parce qu'il était un aventurier. Si les autres, les inférieurs, les indigènes, les ouvriers, vivaient dans la misère, c'est qu'ils avaient démérité. Le souvenir de tels propos m'a beaucoup aidé, plus tard, à rédiger mon *Portrait du colonisé*.

LE RACISME DU DÉMUNI

L'ultime question est en somme : peut-il y avoir un racisme du dominé ? J'ai déjà répondu oui ; je pense même qu'on peut en distinguer deux variétés. D'abord, envers plus démuni que lui, cela est évident ; et il y a toujours plus démuni que soi. J'ai décrit cette *pyramide des tyranneaux*[1] propos de la société coloniale, dont elle constitue l'ossature, mais je crois, finalement, qu'on la trouve partout. On se souvient de l'étonnante conduite de certaines municipalités communistes qui ont chassé, avec une extraordinaire brutalité, des travailleurs nord-africains. On les a accusés de calcul électoral et, à la fois, de racisme. Les deux accusations ne vont pas nécessairement ensemble. Si c'est un calcul, ce n'est donc pas une conviction. Si c'est une conviction, ce n'est pas seulement un calcul électoral, lequel est contingent. Je ne crois pas que les communistes français soient subitement devenus racistes ; mais c'est peut-être plus grave : en politiciens avertis, qui connaissent bien leur clientèle, *ils ont exprimé le racisme potentiel de leurs troupes*. Il suffit de parcourir les justifications qu'ils ont données de leur action : les jeunes couples, ont-ils expliqué, n'arrivent plus à se loger dans les H.L.M. ; les enfants des ouvriers ne trouvent plus assez de place dans les colonies scolaires, parlent de plus en plus mal le français à cause du contact avec les enfants étrangers ; les immigrés font trop de bruit le soir dans la rue, font une cuisine qui empeste les cages d'escaliers, leur musique est tonitruante, ils cassent tout, etc. (comme si un gratin ne sentait pas et que le disco n'était pas assommant). Or c'est bien ainsi que, très souvent, les ouvriers français caractérisent les Nord-Africains. Le crime des communistes est d'avoir utilisé ces sentiments, malheureusement bien réels. En 1977, un sondage de l'Institut Louis Harris montre que l'hostilité contre les Juifs et contre les Nord-Africains est

---

1. Voir A. Memmi, *Portrait du colonisé*, op.cit.

principalement le fait des ouvriers et des retraités. Mais pourquoi les ouvriers français pensent-ils ainsi ? C'est parce que les ouvriers français croient que les immigrés mettent en péril les quelques avantages qu'ils ont sur eux. La peur du chômage par exemple n'est pas étrangère à cette hostilité. Le démuni, si démuni soit-il, peut l'être moins qu'un autre, au moins en d'autres domaines.

Pire encore, c'est l'ouvrier qui vit au contact quotidien avec les immigrés et non les habitants des beaux quartiers ; or, répétons-le, la différence inquiète, et l'opprimé n'échappe évidemment pas à ce malaise. On a vu récemment un extraordinaire bouleversement de la population, *toutes classes confondues*, d'une ville de la région parisienne, parce que les immigrés musulmans voulaient édifier une mosquée. On les tolérait transparents, on les trouvait intolérables dès lors qu'ils se mettaient à exister pour de bon, avec un étonnant monument en pierre et bientôt le chant insolite du muezzin. Soit dit en passant on a beaucoup évoqué, à cette occasion, un prétendu *seuil de tolérance*, que certains ont caractérisé plus justement comme un seuil d'intolérance. Comme si le mal était dans la plus ou moins grande concentration de ce produit toxique dans l'organisme collectif. Or, ici, les musulmans n'auraient pas changé de nombre ou de nature avec l'érection de la mosquée. Cela confirme bien que le mal n'est pas dans la victime mais dans l'accusateur, lequel révèle à l'occasion son racisme latent.

Y a-t-il, enfin, un racisme du démuni envers le nanti ? La question peut sembler plus étonnante encore : la réponse est pourtant, là encore, positive. C'est un racisme en partie réactionnel, mais il obéit aux mêmes mécanismes que l'autre. Voyez les images d'Epinal représentant les possédants, capitalistes ou petits propriétaires : ils sont présumés pervers et difformes, c'est-à-dire méchants et biologiquement mauvais. Ajoutons : *globalement*, tout bourgeois est suspect à priori de ces deux caractéristiques, que nous avons notées dans toute démarche raciste. Du Maître des Forges au petit propriétaire du XIXe siècle, relayés par le grand et le petit entrepreneur de nos jours, tous sont avides et cruels, affligés d'une sexualité débridée, qui menace les filles du peuple. Par antithèse, le pauvre, le prolétaire, est un bel homme bien fait et vertueux. On y voit bien le mouvement de balançoire : mise en relief de différences, même biologiques, même imaginaires, pour se valoriser et dévaloriser l'adversaire; d'où, à l'horizon, la légitimation de l'agression éventuelle : individuelle (« tout patron est un ennemi »); collective (nécessité de la révolution).

Si l'on remarque moins le racisme des pauvres, c'est qu'il a des excuses : écartés de nombreuses jouissances, objets de ses désirs, dont il rêve plus fabuleusement parce qu'il en est privé, trop souvent spolié et quelquefois écrasé, comment ne serait-il pas plein de regrets et de ressentiments contre ceux qu'il croit être la cause de son dénuement, et qui le sont souvent, en effet ? Et, surtout, parce que cette agitation de l'âme du démuni porte peu à conséquence : sauf par saccades révolutionnaires ou par des actes impulsifs, dont il est durement puni, le démuni ne peut actualiser sa violence. De sorte que vis-à-vis du dominant, le racisme du dominé demeure au niveau de l'opinion. *Le racisme du pauvre est ordinairement un racisme édenté...* sauf s'il s'exerce contre plus pauvre.

LA GLOBALISATION

Ainsi l'observation répétée vérifie le caractère extensif du phénomène. S'il m'est arrivé, dans tel texte de circonstance[1], de ne pas réaffirmer cette extension c'est qu'elle me paraissait aller de soi. Mieux encore, je crois qu'elle fait partie de la nature même du racisme : on le voit plus clairement à propos de deux autres caractères : la *globalisation* et la *tendance à l'absolu*.

Il est exact que ces deux caractéristiques de la valorisation raciste ne sont pas toujours évidentes. Il peut sembler que le raciste se contente, quelquefois, de désigner à l'opprobre un individu donné, sans référence à son groupe et à la durée. Tout compte fait, je ne le crois pas : la généralisation est alors implicite. Il suffit de gratter un peu pour retrouver cette *double globalisation* : l'accusation se réfère presque toujours, implicitement au moins, à la *quasi-totalité des membres du groupe*, de sorte que tout autre membre tombe également sous le coup de la même accusation. Et, d'autre part, l'accusation est *illimitée dans le temps* ; aucun événement prévu ne mettra jamais fin au procès.

Dire que cet ouvrier noir ne peut pas maîtriser la technique, parce que noir, signifie bien qu'aucun Noir ne le peut : donc, que *tous* les Noirs, ou presque, sont techniquement inférieurs. Accuser une femme d'avoir « les cheveux longs et les idées courtes », parce que femme, désigne bien *toutes* les femmes. Lorsque le

[1]. Il m'est arrivé, en effet, de ne pas faire suivre le terme de *valorisation* par les adjectifs *généralisée* et *définitive* ; c'est que j'étais préoccupé surtout par la valorisation.

raciste est obligé de reconnaître les mérites professionnels, artistiques ou scientifiques de telle femme, il prétend faire, au contraire, une entorse à son raisonnement : « C'est une exception, qui confirme la règle. »

LA SOCIALISATION

Cette globalisation est d'ailleurs confortée par l'inévitable *socialisation du racisme*, au point, là encore, qu'on ne peut guère parler de racisme si elle fait défaut. Le racisme a des racines émotionnelles et affectives mais sa formulation est sociale : *le racisme est aussi une proposition culturelle*, que le candidat raciste trouve depuis son enfance, dans l'air qu'il respire, dans les réflexions de sa parentèle, dans ses traditions culturelles, puis à l'école et dans la rue, dans les journaux et jusque dans les écrits d'hommes qu'on propose à son admiration et qui sont, par ailleurs, admirables. Telle remarque de Voltaire, de Balzac ou de Gide révèle leur répulsion des Juifs. Le Juif, l'Arabe, le Noir, ou même le Corse, l'Italien ou l'Allemand sont des figures littéraires ou filmiques et, depuis quelque temps, des personnages de bandes dessinées. Le vocabulaire, réservoir et mémoire des groupes, exprime largement ces caractéristiques hostiles : l'Arabe est le raton, le melon, le bougnoul ; le Juif est le youpin, le judas, le moïse ; l'Italien est le rital, le macaroni, le spaghetti ; l'Allemand, le boche, le frisé, le schleuh, le mangeur de choucroute. Il est remarquable que l'invention verbale se fait plus vive lorsque les conflits sociaux s'avivent ; nous avons connu un véritable feu d'artifice à l'époque de la guerre d'Algérie et beaucoup de sobriquets antiallemands furent trouvés durant la guerre. Ces caractérisations canalisent, fixent et alimentent, en retour, les appréhensions et les expériences individuelles. *Le racisme est un langage collectif au service des émotions de chacun.*

La démarche raciste est même doublement socialisée : dans son discours et dans sa cible. *C'est un discours formulé par un groupe et qui s'adresse à un groupe.* La fonction du racisme s'éclaire mieux encore par cette *totalisation*. L'individu n'est plus considéré en lui-même, mais comme membre d'un groupe social, dont il doit posséder, à priori, les caractères. Du même coup, tout le groupe étranger, stigmatisé comme nocif et agressif, mérite l'agression ; inversement, tout individu mérite, à priori, la sanction qui appelle de telles tares. Lorsque le raciste reconnaît les qualités de telle personne particulière, c'est à regret, avec étonnement. « Il y a de braves gens partout », convient-il ; ce qui signifie : « Même dans votre groupe, si condamnable par ailleurs. » Ou, plus clairement : « Vous n'êtes pas comme les autres », « J'ai un ami juif qui... », ce qui n'est guère flatteur pour tous les autres, qui, eux, ne sont pas exemptés de l'accusation et de la punition éventuelle. D'ailleurs, même pour ces « exceptions qui confirment... », la suspension du jugement n'est que provisoire. A la moindre erreur, au moindre faux pas, le malentendu éclate : le coupable redevient ce qu'il n'a jamais cessé d'être : une part d'un ensemble pollué. « Au fond, ils sont tous les mêmes ! ». Le soupçon ne disparaît jamais totalement ; il est simplement mis en veilleuse, masqué par une indulgence provisoire, en faveur de quelqu'un qui ne le méritait pas : la suite l'a bien montré.

La totalisation achève de donner raison au raciste : « Je vous l'avais bien dit », « Je savais bien qu'il fallait se méfier ! ». L'on retrouve la fonction : son hostilité systématique était une commodité supplémentaire : étant toujours sur ses gardes, à l'égard d'un être forcément mauvais, il ne risque pas d'être surpris. A tout hasard, il considère tout Gitan comme un voleur en puissance. Il est donc averti contre ce Gitan-ci et un homme averti en vaut deux. Peu importe que ce Gitan n'ait commis aucun larcin. Mais s'il voulait le commettre, on l'en aura d'avance empêché : c'est une mesure de sécurité, une double garantie pratique et logique, qui protège et parachève l'argumentation du raciste. En attendant, il est vrai, ce Gitan-ci, qui n'est pas un voleur, ni en acte ni en puissance, est traité comme tel. Mais cela ne gêne pas le raciste puisqu'il est un raciste précisément.

L'autre type de totalisation, avons-nous dit, est *l'extension dans le temps*. On voit comme il s'inscrit dans la foulée de la socialisation. Le raciste veut voir dans la marque qu'il colle sur la figure de sa victime, ses traits *définitifs*. Non seulement elle appartient à un groupe, dont *tous* les membres sont tarés ; en outre ils le sont pour *toujours*. Ainsi tout est en ordre pour l'éternité : les méchants le sont définitivement, les bons aussi ; les dominants d'un côté, les esclaves de l'autre. « Le Noir ne maîtrise pas la technique » signifie qu'il ne l'a *jamais* pu et qu'il ne le pourra *jamais*. On l'avait vu pour le colonisé : il n'a jamais rien compris à l'industrialisation, à la science, au progrès : il ne le pourra donc jamais... jusqu'à la décolonisation.

On vérifie, une fois de plus, la commodité de l'accusation biologique : l'infériorité du colonisé, du Noir ou de la femme est inscrite dans leur chair : le voudrait-on qu'elle ne pourrait être corrigée. C'est un destin : et quel destin est plus tenace que celui de la biologie ? Le Noir est irrémédiablement noir, la femme irrémédiablement femme : *la biologie est bien une figure de la fatalité.* La victime du raciste était prédisposée à l'être et vouée à le rester jusqu'à la fin des temps : quelle meilleure garantie pour les privilèges que l'éternité ? la totalisation sociale et temporelle se transforme en assurance métaphysique. C'est bien un *passage à l'absolu* : le Juif, le Noir, l'Arabe, le Gitan, même la Femme, deviennent des figures du mal absolu. Le Juif, élu maudit par Dieu, auteur d'un assassinat divin, hors du temps, perturbe l'ordre moral et cosmique ; n'a-t-on pas suggéré, sérieusement, que le Noir rappelait par sa couleur, les ténèbres maléfiques ? Qu'on se souvienne de la figure de Lilith, ce doublet d'Eve, née du sperme cette fois, relayée par la vamp, la femme fatale, dévoreuse de l'homme, en commençant ce repas infernal tantôt par l'argent tantôt par le sexe. Le racisme trouve son acmé dans la métaphysique ou la théologie : les métaphysiciens et les théologiens ne se veulent-ils pas les spécialistes de l'éternel ? Mais il s'agit ici d'absolus négatifs.

NÉGATIVISATION ET NÉANTISATION

On voit, soit dit en passant, comment la *négativisation* est le prélude à la *néantisation*. On peut discuter de la part consciente et de la part inconsciente : il est probable que les racistes modérés, si l'on peut dire, seraient horrifiés s'ils prenaient clairement conscience du terminus du tramway-raciste : le cimetière. Il est pourtant indéniable qu'il s'agit d'un processus progressif, plus ou moins voilé, plus ou moins avoué, de destruction symbolique d'abord, de déshumanisation de la victime. Certains racistes ne souhaitent pas au Noir ou au colonisé une mort violente ; ils les trouvent plutôt comiques. Mais leur mort, leur souffrance provoquent en eux de la dérision plutôt que de la compassion : ce ne sont pas exactement des êtres humains, avec une mère ou des petits d'homme, mais des espèces d'animaux ; il est plus facile d'envisager la disparition, l'éradication des animaux que des hommes. Cette manière de considérer les Noirs est du reste exactement datée : elle est née à l'époque de la traite des Noirs. Je soupçonne fortement que tels furent les sentiments, peu conscients certes, de beaucoup lorsqu'ils apprirent le massacre systématique des tribus indiennes en Amérique du Sud : gigantesque traque de bêtes à figure humaine. Il arrive aussi que le désir de meurtre soit clairement exprimé. Que de fois ai-je entendu, en colonie, cette boutade qui se voulait plaisante : « Nous sommes un dixième de la population du pays : qu'on nous donne à chacun un fusil et neuf balles et le problème sera réglé ! »

Ce qui nous livre aussi la clef probable de l'excès dans l'accusation : c'est un renversement : on accuse la victime d'un mal absolu parce qu'on lui souhaite un mal absolu. Le Juif est accusé de meurtre parce qu'on lui souhaite la mort. (Il empoisonne les puits : n'est-il pas juste qu'il meure ? doit être ainsi rétabli : je veux qu'il meure, alors je l'accuse d'empoisonner les puits.) Le Noir est une puissance des ténèbres, il est juste qu'il y soit renvoyé, doit se traduire par renversement : si je lui souhaite l'enfer, c'est qu'il en est une créature échappée. Heureusement que, le plus souvent, les exclusions n'aboutissent pas à de tels extrêmes ! Mais les exemples historiques sont suffisamment nombreux pour nous convaincre qu'il n'y a pas de différence de nature entre le refus d'autrui et, si ce refus s'exaspère dans telle ou telle circonstance, la destruction physique. Il n'y pas si longtemps, en pleine Europe, les lapidations et les bûchers pour sorcières traduisaient la misogynie ambiante poussée jusqu'à l'angoisse.

RACISME ET HÉTÉROPHOBIE

Pour terminer, encore un mot sur la terminologie : on comprendra qu'un tel souci de clarification ne pouvait pas ne pas se traduire dans le vocabulaire. L'équivoque des discussions sur le racisme vient en partie de l'ambiguïté de ce mot. Au sens strict, racisme renvoie exclusivement à la biologie ; puis, par facilité langagière, il s'est trouvé avoir un sens plus étendu. Beaucoup de gens ne pensent plus du tout à la biologie quand ils évoquent le racisme. Facilité qui n'est pas tout à fait aberrante, cependant, puisqu'il y a une parenté entre les deux démarches.

Pour lever l'équivoque, ne faudrait-il pas marquer cette dualité en utilisant deux termes, mais suffisamment voisins pour suggérer cette parenté ? En somme, traduire par une distinction formelle la distinction de la double définition. Voici ce que j'ai suggéré :

Le mot *racisme* convient parfaitement pour l'acception biologique ; mais, je propose que dorénavant, *il soit limité à ce sens*. On ne pourra évidemment pas empêcher le discours raciste courant de continuer à voguer dans le flou et l'imaginaire, mais l'on disposera au moins d'un outil plus adéquat pour le réfuter. Quand on parlera de racistes, il s'agira de gens qui accordent une primauté aux caractéristiques biologiques. On économisera beaucoup de discours inutiles, de plaidoyers qui ne portent pas sur l'essentiel. Beaucoup de gens, qui ont des attitudes et des conduites de refus, insistent qu'ils ne le font pas au nom d'une philosophie biologique. Il serait injuste de ne pas en prendre acte, quitte à dévoiler leur racisme latent, s'il existe.

Il m'a semblé que le mot *hétérophobes* conviendrait assez bien à cette catégorie de gens. *Hétérophobie* pourrait désigner ces constellations phobiques et agressives, dirigées contre autrui, qui prétendent se légitimer par des arguments divers, psychologiques, culturels, sociaux ou métaphysiques, et dont le racisme, au sens biologique, serait une variante. A ma connaissance, ce terme n'existe pas dans le dictionnaire, mais, là encore, j'espère que le besoin et l'usage l'imposeront. Beaucoup de gens s'estiment lavés du péché raciste s'ils n'accordent guère attention à la couleur de la peau, à la forme du nez ou à l'épaisseur des lèvres : sont-ils moins condamnables, alors qu'ils agressent autrui pour une foi ou des mœurs différentes ?

Hétérophobie répondrait également à une préoccupation plus récente : on se demande si l'on peut parler de racisme à propos de l'ostracisme qui frappe quelquefois les jeunes, les femmes ou même les homosexuels et les lesbiennes, ou encore les handicapés. Au sens strict, évidemment non. Bien que, ironie du sort ou confirmation de l'importance de la différence, on ne l'a pas assez noté, et je vais y revenir, tant pour les femmes que pour les jeunes, il existe bel et bien des *caractéristiques biologiques*, sinon raciales. Comme disait, avec un humour discutable, un mari de mes amis : « Je ne sais pas s'il existe une race juive, mais les femmes, ah oui, c'est vraiment une race à part ! » Naturellement, le compliment aurait pu être retourné par une épouse à propos des hommes. De même, ai-je avoué, pour les gens d'âge, les jeunes gens sont biologiquement quasi différents. En tout cas, *hétérophobie* permettrait d'englober toutes les variétés de refus agressifs. Inversement, il aurait l'avantage de se monnayer aisément en ses diverses formes. Par exemple, au lieu de parler d'antisémitisme, qui est manifestement inexact, on emploiera le terme de *judéophobie*, qui signifie clairement la peur et le refus du Juif ; idem pour *négrophobie, arabophobie* : je laisse au lecteur le plaisir de rechercher ce qui conviendrait pour la peur agressive et dévalorisante des femmes ou des jeunes, des homosexuels ou des vieillards [1], etc.

---

[1]. Sur la même lancée, on pourrait envisager des sens de plus en plus ouverts ; l'usage ne s'en prive d'ailleurs pas. Ne dit-on pas : « Il appartient à une race d'artisans en voie de disparition. » Ou : « Les politiciens sont une race particulière. » Pourquoi pas ? Il importe simplement que l'on soit bien conscient que l'on se rapproche de plus en plus de la métaphore, ou du fourre-tout, par exemple le « racisme anti-flic » !...

Un dernier mot sur ce même sujet : je ne donnerai pas ma tête à couper pour ces distinctions, pas plus du reste que pour le libellé de la définition. Il m'a semblé, simplement, que le besoin se faisait sentir d'une définition plus opératoire, donc à double étage, et d'un doublement des termes y correspondant. Le détail de cette démarche peut être discuté. Il m'est arrivé d'hésiter sur le choix de tel ou tel adjectif ; il m'est arrivé d'utiliser altérophobie, qui convient aussi bien qu'hétérophobie. Je l'ai abandonné par purisme, parce qu'il comprend un morceau de latin : *alter* et un morceau de grec : *phobie* ; et bien que nous soyons habitués à de tels monstres, voir *socio-logie*. Mais, faisant du neuf, autant en profiter pour faire au mieux. De même ethnophobie, qui a l'avantage de traduire le refus d'un groupe en son entier ; ce qui est bien l'une des caractéristiques de la démarche raciste. Mais insistant sur ce caractère collectif, je risquais de sembler restrictif : l'accusation raciste peut s'adresser aussi à un individu singulier, quitte à le noyer, après, dans un pluriel. De même encore xénophobie, qui a le mérite d'exister déjà et qui, vu sa racine, aurait été assez adéquat. Mais l'usage est roi ; l'habitude a prévalu de ne voir dans xénophobie que le refus des étrangers. Or on ne refuse pas seulement les étrangers, à moins d'entendre par étranger tout ce qui est différent de nous : par l'âge, le sexe, la classe sociale : ce serait trop étirer le sens de ce mot. Ce fut, on le voit, une mise au point assez longue, qui m'a fait retenir ce doublet : *racisme* et *hétérophobie*.

Le premier désignant exactement le refus d'autrui au nom de différences biologiques ; le second le refus d'autrui au nom de n'importe quelle différence. Le second comprenant l'autre comme un cas particulier.

Ce qui devait donc se traduire dans une même définition, à la fois une et pouvant rendre compte de cette dualité; c'est ce que j'ai tenté de faire[1].

---

1. Faut-il pour cela renoncer au terme même de *racisme*? Je l'ai envisagé un moment. En 1992 un colloque, auquel je fus invité, s'est tenu à Paris pour tâcher de répondre à cette question. Tout compte fait, je crois inutile cette bataille sémantique; les mots ont une histoire qui nous échappe. Le plus important, me semble-t-il, est de s'entendre sur des sens et des définitions aussi précis que possible. (Note de 1994.)

III

Traitement

On n'a pas à exiger d'un auteur des applications directes de ses investigations. Il ne les aperçoit pas toujours lui-même. Souvent ce sont d'autres esprits, plus ingénieux que le sien, qui le font à sa place. On n'a pas, davantage, à le rendre responsable de ses résultats théoriques, si les leçons pratiques en paraissent inacceptables. Cela dit, par chance, les prolongements empiriques de cette recherche sont ici évidents, et non totalement décourageants.

PHILOSOPHIE DU RACISME...

Quelles sont ces conclusions ?

La première est l'effrayante *banalité du racisme*[a] pour paraphraser une formule devenue fameuse de Hannah Arendt, qui lors du procès Eichmann avait parlé de la « banalité du mal ». Et puisque cette sinistre affaire vient sous ma plume, sans trop m'avancer dans un domaine trop bouleversant, j'avais suggéré que les camps nazis de la mort étaient l'aboutissement du processus de négativisation puis de néantisation des

Juifs et des autres victimes du nazisme, à l'instar, *mutadis mutandis* certes, de la néantisation progressive du colonisé et de la plupart des dominés (voir p. 129-130). On en trouverait du reste d'autres tentatives au cours de l'Histoire, chacune avec sa spécificité bien entendu. Cela me fut reproché ; on préférait croire que la conduite des nazis était non seulement totalement inédite dans l'histoire de l'humanité, mais qu'elle était dépourvue de sens. Tout en comprenant, et en respectant le sentiment d'horreur absolue chez les victimes, je crains que cette position n'interdise définitivement toute tentative de compréhension du phénomène.

Lors des premières éditions de ce livre nous ne disposions guère de travaux décisifs sur ces sujets ; ils commencent heureusement à voir le jour : des pans entiers de cet hallucinant champ de ruines sont peu à peu déblayés. Déjà nous voyons plus clair sur tel ou tel point ; par exemple, contrairement à ce que l'on voulait croire, les hommes qui, sous le prétexte racial, ont servi cette entreprise de destruction de groupes humains entiers, n'étaient pas tous des monstres ou des fous ; ce furent souvent des « hommes ordinaires », selon l'expression de l'auteur anglo-saxon Christopher Browning. Certains en ont souffert, ont été bouleversés, quelques-uns ont refusé, mais la plupart se sont habitués à leur inhabituel rôle de bourreaux comme l'ont montré les travaux impressionnants de Raul Hilberg. C'est là une fort déplaisante vérité sur notre espèce, mais c'est la vérité, qu'il nous faut considérer si nous voulons reconstituer un jour une fresque convaincante de cet horrible passé, afin d'en tirer éventuellement une leçon utile pour l'avenir. D'une manière plus générale, dussions-nous conclure que cette affaire relève d'une espèce de démence, même le délire a un sens, qu'il nous faudrait déchiffrer. Puis-je suggérer enfin que cette thèse de l'inintelligibité absolue rejoint curieusement celle d'un sens absolu, insaisissable, en somme une interprétation métaphysique et sacrale, osons le dire.

Mais on n'a même pas besoin d'aller jusqu'à ces extrêmes pour apercevoir la banalité du mal, en effet. Un jour, une revue parisienne, *Evidences*[a], m'a demandé d'analyser le courrier reçu à la suite d'une émission de télévision. Il y avait de quoi s'effrayer déjà. Il ne serait pas exact de dire que tous les auditeurs étaient racistes. Beaucoup condamnaient le racisme avec vigueur ; beaucoup veillaient à ne pas y succomber. Je découvris, toutefois, que l'innocence est rarement totale et que le diable pouvait prendre de multiples figures. Certains, qui protestaient de leur vertu, n'avaient qu'une main propre sur deux. Tel qui n'accuse pas les Arabes, n'arrive pas à ne pas soupçonner les Juifs. Tel qui consentirait, affirmait-il, au mariage de sa fille avec un Arabe, hésiterait s'il s'agissait d'un Noir. Tel autre, au contraire, la « donnerait » à un Juif mais sûrement pas à un Arabe. Les raisons invoquées n'étaient pas toutes absurdes : « il faut tenir compte de l'environment » ; « le mariage mixte est plus périlleux » ; « les enfants métissés auraient plus de difficultés dans la vie », etc. D'autres encore, moins innocents, étaient de l'espèce « je ne suis pas raciste mais... », « avouez tout de même que les Juifs... », « ... que les Gitans... », sans se douter que ces restrictions sont largement révélatrices : *les* Juifs, *les* Gitans, signifiant évidemment *tous* les Juifs, *tous* les

Gitans, donc une condamnation *a priori* contre tout individu appartenant à l'espèce juive, à l'espèce gitane. Il s'agit bien encore de *totalisations* implicites. Ainsi, avant même l'enquête méthodique sur « Les Français et le racisme », j'avais appris déjà, en dépouillant ces missives spontanées, que le racisme ne se pratique pas de la même manière, avec la même intensité, selon la victime choisie, le lieu et le moment. Tel ne se livre que devant des intimes, tel autre se permet des débordements publics. Certains, respectueux des coutumes privées de leurs concitoyens minoritaires, n'en supportent pas les manifestations sociales. On l'a vu à l'occasion de cette affaire de mosquée de banlieue, ou d'un centre culturel maghrébin dans un arrondissement parisien. Quelques-uns, plus sournois, ou plus naïfs, voulaient, affirmaient-ils, protéger les marginaux : ils leur conseillaient la discrétion... dans leur intérêt[1]. Bref, tout le monde n'est pas raciste, non, et beaucoup arrivent à s'en défendre, mais le recours au racisme semble si naturel, si aisé lorsque les circonstances s'y prêtent, que j'ai pu conclure, parodiant Descartes, *que la tentation raciste est la chose au monde la mieux partagée.*

Pourquoi une inclination si commune ?

On l'a compris : parce qu'elle est un *outil commode de l'agression.*

---

[1]. Un homme de lettres connu, M. Fabre-Luce, recommandait dans un article du *Figaro* la transparence aux Juifs. Pourquoi ne se fait-il pas, lui-même, transparent ; lui qui s'est essayé à défendre le régime de Vichy ? C'est évidemment qu'il est majoritaire : mais, pourquoi, sinon en vertu de la loi du plus fort, les majoritaires peuvent-ils vivre comme ils l'entendent, et non les minoritaires ?

Sur la *commodité*, je me suis assez étendu.

Voici encore deux exemples : je suis dans le métro parisien, ligne « Porte de la Chapelle », avec une amie qui m'apprend incidemment que ce parcours est surnommé par ses usagers « ligne tiers monde » ou « Afrique-Asie », parce qu'on y rencontre de nombreux ressortissants de ces pays. Précisément un Noir, visiblement débile, tambourine sur la banquette, sur la vitre, dodeline de la tête en cadence. Les autres voyageurs ont cet air absent des usagers de tous les métros du monde mais on les sent inquiets par la gesticulation du malheureux. Mon amie traduit le sentiment général : « Ils sont tout de même curieux ! » murmure-t-elle. Je décrypte : « Il se livre à des manifestations intempestives *parce que c'est un Noir.* » Pour un Blanc, on aurait dit : c'est un débile ; pour un Noir, on pense d'abord : c'est un Noir. Pourquoi ? Je pose la question à mon amie. Elle s'analyse avec bonne volonté : elle prend souvent cette ligne, elle y a toujours une vague appréhension. Et aujourd'hui ? Elle l'avoue : oui, elle a pensé spontanément à l'origine ethnique de notre danseur. C'est vrai, la tentation de l'accusation biologique est commode : la couleur de la peau, le faciès, la chevelure cristallisent la peur et recueillent, en retour, l'agressivité.

Deuxième exemple : toujours dans le métro, un groupe de jeunes Nord-Africains fait irruption dans le wagon. Ils sont remuants, ricanants, cherchant les regards, à la limite de la provocation. Mon compagnon de route, un universitaire, bienveillant et antiraciste, murmure cependant avec gêne : « *Ils* ne devraient pas... » Je lui suggère de s'expliquer davantage. Il me dit qu'il voulait, en quelque sorte, protéger les jeunes gens d'une opinion déjà mal disposée. Nord-Africains, ils sont déjà suspects. J'ai déjà signalé, à propos des Juifs, ce conseil de discrétion donné aux victimes éventuelles du racisme : ne vous signalez pas à l'attention d'un public déjà mal disposé. Il reconnaît toutefois que, malgré lui, il participe un peu au sentiment général : ce sont des Nord-Africains en France, ils ne devraient pas... Toute l'affaire porte bien sur leur qualité d'étrangers. Or il est clair qu'il ne s'agit pas d'un comportement spécifiquement nord-africain, ou pas seulement, mais de jeunes hommes, habités par un excès de force animale, maladroits de leurs corps, qui n'ont pas encore trouvé leur place sociale, et qui cherchent à dissiper leur malaise dans le plaisir malsain de faire peur aux autres, adultes, nantis, différents, prêts à la violence en effet, si quelque incident leur en donnait l'occasion... N'avons-nous pas là le comportement de n'importe quel *loubard* ?

J'ai choisi, et développé, à dessein ces deux exemples où la différence biologique *n'est pas absente*. Le deuxième est d'autant plus instructif qu'il contient les deux différences : l'une due à l'âge, l'autre à l'ethnie. Les voyageurs nord-africains étaient, à la fois, plus jeunes que les autres, et nord-africains. Or c'est la différence ethnique qui est instinctivement choisie pour focaliser la peur des voyageurs plutôt que la différence d'âge, laquelle aurait été plus adéquate, mais qui aurait, moins commodément, fait l'unanimité dans le malaise et l'agression.

Apparemment, aujourd'hui, tout le monde condamne le racisme ; ou pour le moins, personne ne se revendique comme raciste. Ceux mêmes qui le pratiquent effectivement, conduites et propos, ne le défendent pas comme *philosophie*[1]. Presque toujours, ils donnent une explication de leurs gestes et de leurs paroles, qu'ils affirment ne pas relever du racisme. On pourrait se contenter de cette rassurante unanimité. On peut aussi souhaiter comprendre la nature du phénomène raciste, même si cette intelligence nous serait en définitive plus inquiétante que la communion dans l'indignation. Il faut alors traiter le racisme comme un fait d'étude, en laissant de côté, provisoirement, tout moralisme, et même, dans une certaine mesure, toute préoccupation d'action.

Or, dans cette perspective, il nous a semblé en découvrir un certain nombre de caractéristiques peu rassurantes en effet.

C'est seulement en fonction de ces caractéristiques qu'il nous sera permis de proposer quelques conclusions[a].

1) *En chacun, ou presque, il y a un raciste qui s'ignore*, ou qui s'ignore à peine, ou qui ne s'ignore pas du tout. Depuis celui qui affirme : « Je ne suis pas raciste, mais... », jusqu'à celui qui prétend reconnaître le nègre à l'odeur, ou trouver aux Juifs « une gueule de crématoire ». Depuis l'hésitation trouble de celui qui, par ailleurs, fait profession d'antiracisme, jusqu'à l'attitude provocatrice du raciste presque déclaré, qui ne refuse dans le racisme que l'étiquette. Depuis celui qui stigmatise la ségrégation en Amérique, mais éviterait de louer une chambre à un étudiant noir, jusqu'à celui qui justifie les méthodes du Ku Klux Klan, et les appliquerait éventuellement en France. Tous propo-

---

[1]. Hélas, ce n'est plus le cas. (Note de 1994.)

sent des interprétations, des rationalisations de leurs attitudes et de leurs discours ; mais tous, en définitive, participent d'un *dénominateur commun*. Le défenseur du Ku Klux Klan prétend que les cagoulards américains veulent défendre leur pays, la vertu de leurs femmes, la couleur de la peau de leurs enfants. Celui qui refuse simplement de louer une chambre à un Noir et qui avoue son trouble, même s'il le condamne, en voyant dans la rue un Noir avec une Blanche, songe confusément aussi à la pureté des femmes et à la peau des futurs enfants de la nation.

Les interprétations — explications, travestissements, alibis — diffèrent suivant les uns et les autres : elles renvoient toutes à un même fait, plus ou moins avoué, plus ou moins camouflé, mais décelable.

2) *Le racisme*[1] *est en somme l'une des attitudes au monde les mieux partagées.* Autrement dit, il est aussi un *fait social*. Ce qui explique déjà largement son importance, sa diversité et son extension, sa profondeur et sa généralité. C'est-à-dire également, qu'il préexiste et s'impose à l'individu.

Autrement dit encore, avant même d'être dans l'individu, le racisme est dans les institutions et les idéologies, dans l'éducation et dans la culture.

Il serait intéressant de filmer l'un de ces circuits culturels : comment les idéologues fabriquent les idéologies à partir des rapports de force et des institutions ; comment les journalistes vulgarisent les idéologies et comment le lecteur de journal avale ce poison dilué, mais si répété qu'il s'en imprègne parfaitement. On n'a pas assez dit, également, le rôle insidieux des écrivains

---

[1]. Aujourd'hui je dirais plutôt l'*hétérophobie*. (Note de 1994.)

et de la littérature, même la plus haute, dans la propagation des thèmes et images racistes[1]; les religions ne sont pas davantage exemptes du péché raciste. Le milieu familial, enfin, est un extraordinaire bouillon de préjugés, de peurs et de ressentiments dont peu d'enfants sortent totalement exempts. Bref, le racisme est d'abord un *bain culturel*; on suce le racisme dans le lait familial et social.

3) Pourquoi cette généralité ? Pourquoi cette fécondité d'une attitude si négative ? Si manifestement nocive à la vie commune des hommes ?

Nous nous sommes promis d'essayer de comprendre et non de nous rassurer à tout prix, ou de nous indigner de la méchanceté insolite de certains. Rappelons-le : *l'explication raciste est commode*. Voilà pourquoi elle est si aisément, si couramment utilisée par le groupe et par les individus : elle est trop tentante.

Si l'accusation raciste est un fait social, si largement répandue, si facilement victorieuse, c'est qu'elle correspond à une espèce d'évidence, c'est qu'elle trouve hors d'elle une espèce de confirmation : *fait psychologique et social, le racisme est aussi un fait institutionnel*.

Le colonisé n'était pas seulement accusé d'être un homme de deuxième catégorie, *il l'était en fait* : il ne jouissait pas des mêmes droits que le colonisateur. Le Noir américain n'est pas seulement décrit comme un inadapté, il l'*est* beaucoup trop souvent. Le Juif est *réellement* séparé, et mis en quarantaine plus ou moins discrète.

---

1. Voir A. Memmi, *Portrait d'un Juif, op. cit.*, 1re partie, chapitre 6.

L'infériorité et l'écrasement de la victime sont encore un fait constatable : comment ne pas être tenté, alors, de considérer *l'idéologie raciste comme une expression adéquate de cette situation objective*? Si le Juif est séparé, dira-t-on, c'est probablement que quelque chose en lui appelle et mérite la séparation. Si le colonisé subit un sort si accablant et si dérisoire, c'est qu'il était colonisable, nous a-t-on expliqué, etc.

On pourrait évidemment se dire que c'est, au contraire, cette idéologie, cette accusation poussée jusqu'aux proportions du mythe, qui vient expliquer, légitimer l'inique situation où se trouve la victime. Mais il faudrait alors, du même coup, s'accuser soi-même, accuser les siens, et tout son propre univers, qui fait une telle victime. Qui en est capable? Il faudrait un degré de lucidité, de probité et de courage, auquel ne parviennent guère même des hommes dits de haute culture. N'est-il pas plus « naturel », plus spontané, et tellement plus commode de chercher une explication qui calme plutôt la culpabilité profonde, de l'individu et du groupe, à l'égard de la victime du racisme?

4) L'explication raciste est en somme la plus *avantageuse*. Elle est efficace, elle est même agréable, euphorisante, comme disent les psychologues. Elle rassure et elle flatte ; elle excuse et fortifie le raciste, en renforçant son moi, individuel et collectif. Elle aide considérablement le Narcisse inquiet et avide qui est en chacun de nous.

Et à quel prix? Simplement en faisant payer les autres ! Le raciste se réjouit, se justifie et se rassure aux dépens des autres, en aplatissant leur altérité. Il n'a même pas besoin de se vanter : il diminue les autres, qui lui servent de repoussoir. Sa supériorité n'a même pas besoin d'être démontrée : elle réside dans l'infériorité des autres.

La tentation raciste est bien celle à laquelle on résiste le moins. Comment ne pas céder, en effet, à un vice si peu coûteux ? L'un des rares qui ne nuisent pas, apparemment, à la santé du pécheur, puisqu'il se fait aux dépens d'autrui. Pourquoi refuser cette envie, si facile à satisfaire, et d'ailleurs si commune ?

5) Pour être grand, il suffit en somme au raciste de grimper sur les épaules d'un autre.

On comprend alors pourquoi il choisit la victime la plus désignée, la plus résignée, celle qui s'offre aux coups sans trop oser riposter : la victime la plus victime déjà ; c'est encore le plus commode, dans cette démarche si commode. *Le raciste va d'instinct à l'opprimé* : il est plus facile d'ajouter au malheur d'un malheureux.

On n'entend guère parler de racisme antiaméricain ou antianglais, ou même antiallemand : ce sont là des hommes historiquement forts, soutenus par des nations puissantes ; or, le raciste ne s'adresse, pour exercer son triomphe, qu'à des hommes déjà battus par l'Histoire. Des chaînons faibles de l'humanité.

6) Voilà pourquoi l'étranger est une proie de choix pour le raciste, un escabeau propice, inespéré, pour le pied de ce vainqueur dérisoire. *D'où la parenté évidente, si rapprochée, entre le racisme et la xénophobie*. La fragilité de l'étranger appelle sur lui le racisme, comme l'infirmité appelle le sarcasme et le mépris.

7) D'où l'étonnant *racisme de l'opprimé lui-*

même[1] : car il est tout à fait vrai que le prolétaire, le colonisé, le Juif, le Noir, peuvent être racistes à leur tour. Comment une victime peut-elle en attaquer une autre ? C'est pourtant simple : par le même processus, et pour satisfaire aux mêmes tentations. Sur qui le prolétaire européen pourrait-il s'appuyer, pour se grandir un peu, sinon sur le travailleur étranger ? Nord-africain mais également italien, espagnol ou même polonais, c'est-à-dire de la même prétendue race que lui ? Ce qui prouverait encore, s'il le fallait, que le racisme n'est pas toujours en rapport direct avec la race. Sur qui le petit colonisateur, aussi exploité lui-même, aussi déshérité, pouvait-il se revancher, sinon sur le colonisé, qu'il pouvait tout de même regarder du haut des maigres privilèges que lui confèrent les institutions coloniales ? Ainsi le Noir américain peut-il être tenté de mépriser le Portoricain, qui le lui rend bien.

Chacun, en somme, cherche un échelon inférieur, par rapport auquel il apparaît dominateur et relativement superbe. Le racisme propose à chacun la solution qui lui convient : il suffit de trouver un plus petit que soi, un peu plus écrasé, de découvrir une victime adéquate, où placer son mépris et son accusation. *Le racisme est un plaisir à la portée de tous.*

8) Les hommes ont-ils donc tant besoin d'être rassurés et de s'affirmer, même au prix de l'écrasement des autres ? De se justifier, même en accusant les autres ? Quand on découvre l'étendue du mal, la fréquence de la solution adoptée, il faut croire que oui.

---

[1]. Sur le « racisme du démuni » voir à la fin de cet ouvrage, dans les Annexes, « Le privilège est relatif ».

Solution fallacieuse, certes, compensation vaine, mesquine, et inique surtout, qui fausse les mesures, les perspectives, qui trompe sur soi-même, détruit la dignité de l'un, pour assurer illusoirement celle de l'autre. Mais il faut bien admettre que c'est *une espèce de solution à des problèmes réels*, un tranquillisant contre des troubles indéniables, et si répandu qu'on s'étonnerait plutôt de leur absence.

C'est un fait que le malade se console à la pensée que d'autres sont plus atteints que lui; il se dit confusément qu'il existe encore d'autres étapes entre lui et la mort, qu'il ne touche pas encore à la déchéance complète, puisque d'autres sont encore plus déchus que lui. « Regarde au-dessous de toi ! » conseille la banale mais si éprouvée sagesse populaire. C'est un fait que le malheur se rassure à la vue du malheur. Est-il si étonnant alors que le raciste se repose de sa misère en regardant celle des autres ? Mieux, faisant un pas de plus, qu'il prête à autrui plus de misère, plus de malheur et plus de perversité qu'il n'en possède véritablement.

9) D'autant qu'autrui n'est presque jamais neutre. Il faut insister encore sur cette composante du racisme : le trouble, *l'effroi devant l'altérité*. Toujours, en quelque mesure, l'étranger est étrange et effrayant. Même simplement l'homme d'une autre classe sociale. Et, de l'effroi à l'hostilité, de l'hostilité à l'agression, les distances ne sont pas grandes. Pour aimer, il faut se détendre, s'abandonner, s'oublier dans l'autre, c'est-à-dire plus ou moins s'identifier à lui. On ne pardonne à l'étranger que lorsqu'on arrive à l'adopter. Sinon, son opacité, sa résistance, irritent, inquiètent. Or, comment ne pas en vouloir à ces gens qui vous obligent à

rester sur le qui-vive ? Qui vous contraignent à demeurer armés ? Et, encore un coup, voici que va jouer la logique affective, si mal nommée, ce raisonnement inversé : ces gens, dont nous nous méfions, ces suspects que nous condamnons d'avance, que nous n'aimons guère, comment ne nous le rendraient-ils pas ?

10) Dorénavant, le cercle passionnel peut tourner sur lui-même : ces gens, qui probablement nous détestent, méritent sûrement notre haine. Et ne faut-il pas se prémunir d'avance contre leurs agressions possibles, en les agressant au besoin ? etc. Bien des conflits, individuels et collectifs, prennent ainsi naissance, ou se nourrissent largement de cette bouillie. Alors qu'il faudrait tenter d'exorciser la peur d'autrui et de calmer une conscience troublée par tant de sinueuses méchancetés.

La culpabilité, enfin, est l'un des plus puissants moteurs du mécanisme raciste. Le racisme est certainement l'un des moyens de lutter contre cette autre misère : cette misère intérieure qu'est le remords. Voilà pourquoi *le privilège et l'oppression appellent si fortement le racisme.* S'il y a oppression, il faut bien qu'il y ait un coupable, et si l'oppresseur ne plaide pas lui-même coupable, ce qui serait vite intolérable, il faut bien que l'opprimé le soit. En bref, *le racisme permet de charger la victime des crimes, vrais ou faux, du raciste.*

C'est que le racisme est aussi l'une des manifestations de l'agression ; or l'agression semble bien une conduite commune à l'espèce. C'est vraiment un *recours* spontané, à la portée de tous, et d'un prix minime, puisqu'il est supporté principalement par la victime. Pourquoi ? La réponse est banale mais, précisément, c'est une banalité qu'il ne faut pas trop oublier : parce que l'homme est un animal. Comme la plupart des animaux, lorsqu'il a peur, l'homme agresse, ou il fuit. Il a peur devant une source de danger, réelle ou potentielle ; autrement dit, devant l'agressivité, réelle ou potentielle, d'autrui.

Je laisse de côté les autres peurs : peur des autres animaux, peur des cataclysmes physiques ou peur métaphysique de l'inconnu. Bien que la peur des animaux déclenche les mêmes réactions, d'où peut-être leur extermination par l'homme, pas toujours explicable par des nécessités utilitaires. Et bien que les peurs imaginaires soient l'occasion de floraisons mythiques, qui retentissent sur les relations humaines ; d'où l'importance des mythes dans l'univers humain [1]. La xénophobie cristallise une part de ces angoisses, les bestiaires en recueillent une autre. Nul doute que des inventaires, dans cette perspective, des images de l'étranger et des animaux seraient instructifs. Pour nous borner à notre propos : l'espèce humaine est intraconflictuelle, et ce constat résume le tragique interhumain. L'agressivité de chacun, individu ou groupe, répond à l'agressivité des autres, par l'intermédiaire de la peur réciproque.

Comment évaluer exactement cette agressivité ? Est-elle, par exemple, acquise ou innée ? Les avis des spécialistes diffèrent. Au surplus, dans l'immédiat, peu importe : nous devons quotidiennement en tenir

---

1. Voir A. Memmi, *A contre-courants, op. cit.* où je dénonce quelques mythes contemporains, tout en reconnaissant à quels besoins ils répondent.

compte. Nous verrons pour l'avenir. Jusqu'ici, l'Histoire, pour ne pas parler de la préhistoire, est éloquente : l'homme est un prédateur, au détriment de la nature, des autres espèces, et à l'intérieur de sa propre espèce. Il convoite et arrache les biens dont il a besoin, même à ses propres congénères. Agressif envers eux, comment ne susciterait-il pas leur peur et leur agressivité, lesquelles entretiennent encore les siennes. Et, naturellement, l'inverse ; une agressivité nourrissant l'autre. L'agressivité est ainsi une longue habitude de l'espèce liée à la survie. Menaçant et menacé en permanence, l'homme fut jusqu'ici entouré de périls, qu'il suscite ou qui sont suscités par autrui. Assiégé d'ennemis, il ne doit son salut qu'à la riposte, offensive ou défensive.

Jusqu'ici, ce système a bien fonctionné ; trop bien. Et qui peut soutenir que, malgré les progrès techniques et moraux, la condition humaine ait, à cet égard, fondamentalement changé ? Quand on considère l'Histoire, même la plus récente, on est effrayé par la cruauté obstinée de l'homme. Nous continuons à traquer, à décimer, des espèces animales entières pour notre nourriture, nos vêtements, notre chauffage, ou simplement parce que nous les jugeons nuisibles, c'est-à-dire parce que nous en avons peur ; ou, plus scandaleusement, pour nous distraire. On répète que tel est le prix de notre survie, que chaque espèce vivante en fait autant. Peut-être ; mais pas avec cette perversité systématique. Nous y sommes à ce point habitués que nous ne réfléchissons guère à ce que signifient « un tableau de chasse », une « corrida », une simple partie de pêche ou même le cirque ! Ce que signifient les combats d'animaux, le dressage, toutes ces entreprises de meurtre ou de servage, mises au point à notre profit ou pour notre plaisir ! Et surtout, l'homme est la seule espèce qui ait inventé, *pour les siens propres*, la prison, les camps, la torture, le génocide... et le racisme. On connaît le mot de Freud, vieillard brisé à la veille de la guerre, dont il pressentait les horreurs : « L'homme est une sale bête ! » Tout être vivant, animal ou végétal, recherche spontanément ce qui peut favoriser sa survie et se défend contre ce qui la met en péril ; dans ce combat permanent, il faut souvent se défendre et souvent attaquer, spolier et tuer ; il faut agresser et repousser l'agression. Mais l'homme est le seul être qui ait mis au point ce dispositif contre ceux de sa propre espèce. Le racisme est assurément l'un des rouages de cette machine infernale : *l'homme est le seul animal, qui pour se justifier*, méprise, humilie, annihile systématiquement son semblable, dans son corps et dans son être. Certes, cette dimension langagière n'est pas tout à fait aberrante. L'homme est un être de langage, c'est-à-dire qu'il redouble, annonce, ponctue ou mémorise ses expériences en images et en mots. Et ce redoublement lui est utile : il lui permet d'économiser ses gestes, de préparer et d'interpréter pour l'avenir ses expériences. Ce niveau symbolique du racisme est *un laboratoire permanent, où il prépare la destruction de son adversaire*. L'homme sait, en outre, il l'a précisément appris au cours de sa longue histoire, que s'il doit lutter contre son semblable, il doit aussi vivre avec lui : autrement dit, il doit au contraire, dans une certaine mesure, le ménager. Il l'agresse, mais il s'en explique ; c'est un agresseur qui argumente, un raisonneur qui s'excuse.

Ainsi le racisme est un discours et une action ; un discours qui prépare une action ; une action légitimée par un discours. Ainsi, les anciens guerriers accompagnaient leurs combats d'insultes à l'adversaire, stigmatisaient ses infériorités, réelles ou prétendues, les tares de ses géniteurs et de ses ancêtres les plus éloignés, jusqu'à ses dieux tutélaires : un adversaire si indigne ne mérite que la mort. De plus, coup double : s'il est si débile, il ne peut être dangereux ; on injurie l'adversaire autant pour expliquer sa propre action que pour diminuer son ennemi. C'est du théâtre, oui certes ; mais le racisme est aussi du théâtre, une palinodie, qui met en jeu le physique de l'adversaire, ses mœurs, son histoire, sa culture, sa religion... C'est trop : on peut soupçonner le raciste de n'être pas tout à fait dupe et de forcer sa voix. Le racisme est une incantation, émotive et discursive, pour proclamer sa force et pour exorciser les menaces de l'adversaire : il faut bien tout essayer contre l'inconnu, dont autrui est l'une des plus redoutables figures.

Peut-on bloquer cette machine infernale ?

Mieux vaut l'admettre : ce ne sera pas facile. Parce que l'univers humain est dangereux pour l'homme lui-même. Parce que chaque homme, et chaque groupe, représente pour son semblable un danger potentiel. Vu l'homme que nous connaissons, et son environnement actuel, nous devons compter avec cette violence latente. Jusqu'ici, un ordre véritablement humain, c'est-à-dire sans menace réciproque, semble utopique. C'est même la conduite inverse, celle qui utilise le racisme, qui peut sembler la plus adaptée, la plus naturelle. Mieux vaut n'être pas trop fragile, minoritaire ou majoritaire sans armes.

L'étranger, en particulier, reste une proie offerte à l'hostilité.

N'y a-t-il donc pas d'issue à cette tragique confrontation de l'homme avec l'homme, à cette guerre de chacun contre tous ? *Car le racisme est aussi une forme de guerre.* Voici, pourtant, la face claire après la face des ténèbres. Nous avons négligé, pour l'immédiat, le problème de l'innéité de l'agressivité. Il n'en va pas de même pour l'aménagement du futur : si l'agressivité n'est pas une pulsion constitutive de notre psychisme, on peut espérer une amélioration des rapports humains. Et même si elle est innée, l'homme étant un produit indissociable de sa nature et de ses conditions d'existence, une action sur ces conditions serait, en tout cas, bénéfique.

A condition, évidemment, de le pouvoir et de le vouloir.

Or ici, par chance, nous pouvons beaucoup : la conduite morale n'est pas entièrement une utopie ; tout comme la violence, elle trouve aussi ses racines dans la personnalité humaine, individuelle et collective. Il existe chez l'homme, à l'égard de son semblable, à la fois, attraction et répulsion, dépendance et dominance[1]. Il existe un antisémitisme chrétien mais, durant la guerre, des Juifs ont été sauvés par des chrétiens, qui ont quelquefois payé de leur vie leur générosité. Des musulmans ont fait de même en plein Paris occupé : de nombreuses personnes vécurent cachées dans les sous-sols de la Mosquée. Les bourgeois juifs de New York furent parmi les

---

1. Voir A. Memmi, *La dépendance, op. cit.*

premiers défenseurs des Noirs américains, qui ne les aimaient pourtant guère.

Quelles que soient la fréquence ou la rareté de ces actions, elles sont encourageantes pour l'avenir de l'humanité : l'homme est, à la fois, un danger pour l'homme et son salut. La contradiction n'est qu'apparente : il doit assurer sa survie et cette survie est liée à celle des autres ; c'est affaire d'urgence et d'opportunité. La même obscure nécessité, qui le jette sur son semblable depuis l'origine de l'espèce, lui suggère de passer contrat avec lui. L'homme est souvent un loup pour l'homme, mais il est aussi le père, le fils, le frère, le beau-frère, le cousin de l'homme, qu'il s'acharnera à sauver, au risque quelquefois de sa propre vie. L'homme est le mâle de toutes les femelles humaines et la femelle, la femelle de tous les mâles. Même s'il y a, quelquefois, conflit violent pour arracher telle femelle ou tel mâle aux autres. Les adultes humains sont le père et la mère de tous les petits d'hommes et de femmes, parce que, par-delà chaque individu, il faut sauver l'espèce en la personne des petits. On le vérifie dans le danger : tous les adultes se trouvent spontanément d'accord : les enfants d'abord !

Il m'est arrivé d'écrire que le racisme est naturel, et l'antiracisme acquis. J'ai eu tort de moitié : ils ont, *tous les deux*, en nous leurs racines. Il existe une passion raciste, mais il existe aussi une inclination qui nous porte vers autrui, pour lui demander ou lui porter secours. Parce que nous savons, par intuition et par expérience, que nous le pouvons, en vertu de notre *dépendance réciproque*, depuis les bras de notre nourrice jusqu'à la main serrée dans l'agonie. Mieux : ces deux manifestations singulières de notre être possèdent une unité plus profonde, qu'il faut rechercher en amont, dans cet élan premier qui pousse tout vivant à persévérer dans sa vie, quels que soient les moyens utilisés, fussent-ils antagonistes. Ce sont deux solutions au même problème de la survie.

… ET QUELQUES LEÇONS PRATIQUES

En fonction de ces données, voici quelques enseignements pratiques :
1) Pour commencer, *prendre conscience du racisme*. Pas seulement chez les autres, mais en nous-mêmes, individuellement et collectivement. Le dénoncer chez les autres est facile, commode et, ajoutons, contradictoire : ce serait demander à autrui d'abandonner son agressivité, sans renoncer à la nôtre. Déceler le racisme d'abord en nous, pour le combattre dans nos propres conduites est la meilleure voie pour obtenir, éventuellement, sa rémission chez les autres. C'est une propédeutique et le prix à payer d'avance.

Chacun pourra mettre au point ses propres signaux de vigilance. En voici un qui m'a beaucoup servi : se représenter un trait, dont nous avons vu l'importance : *la différence est à double entrée*. Interrogé par un enquêteur, un ouvrier parisien se plaint des odeurs de boudin antillais qui envahissent fréquemment l'escalier. L'enquêteur, malicieusement, lui demande quelle aurait été sa réaction s'il s'était agi de l'odeur du chou. La figure de l'ouvrier parisien s'éclaire : « J'adore cette odeur, déclare-t-il, c'est celle de mon enfance ! »

Bien entendu, il a le droit d'aimer l'odeur du chou, et de continuer à la préférer à celle du boudin ; mais s'il se représentait en même temps que l'odeur du boudin puisse être délicieuse, et peut-être détestable l'odeur du chou pour ses voisins antillais, il serait plus indulgent. Il ne pourrait plus tirer des conclusions métaphysiques sur une « nature » singulière et repoussante des Antillais ni, surtout, s'en prévaloir pour justifier une conduite hostile sinon agressive. Peut-être arriverait-il à ne plus se prendre pour critère du normal, et à ne plus rejeter tous les autres dans l'anormalité, ce qui est en somme le fond de la démarche raciste. Comme l'écrit Diderot : « Quel droit as-tu sur lui qu'il n'a pas sur toi[a] ? »

Il faut, de toute évidence, *exercer notre sympathie*, c'est-à-dire nous entraîner à ce difficile effort de *participation à autrui*. On rejoint là d'ailleurs une vieille sagesse ; pour comprendre la souffrance d'autrui, son humiliation, sa douleur devant l'insulte et les coups, le mieux est de se mettre à sa place ; par la pensée, tout au moins, et par une espèce de coïncidence sympathique. Et même, à la limite, en essayant de vivre certaines de ces situations. « Vivre dans la peau d'un Noir », comme l'a tenté l'Américain blanc Griffith, au cours d'une expérience assez extraordinaire, ou partager réellement l'existence quotidienne des ouvriers, comme s'y obligent certains militants politiques ou les prêtres-ouvriers. Nul doute, alors, que l'imagination, si paresseuse quand il s'agit des autres, ne suive, malgré elle, le corps et l'esprit. En somme l'antiracisme doit être d'abord une hygiène mentale, aboutissant à une vue relative, donc tolérante des êtres et des institutions des autres.

Non que le racisme soit une maladie comme on l'a soutenu quelquefois. Une telle conception serait une autre commodité : elle suggère que le racisme est un fait rare, qui touche quelques individus, atteints d'un trouble du caractère. On a prétendu que certaines personnalités seraient prédisposées au racisme. Peut-être. Mais cette affirmation révèle surtout une crainte déguisée en fait scientifique : le racisme n'étant l'affaire que de quelques pervers, la conclusion est rassurante : il suffirait de les soigner pour voir disparaître le mal. Je ne le crois pas hélas ! Le racisme *n'est pas une maladie* mais une attitude archaïque, et commune à l'espèce. La psychothérapie de quelques racistes déclarés, à supposer qu'ils y consentent, ne la supprimerait pas. Il y faut une vigilance constante et générale, un effort individuel et collectif, qui relève à la fois du psychologue, du sociologue et du politique.

2) La lutte contre le racisme exige une *pédagogie continue* de l'enfance à la mort. L'enfant, promesse de l'homme, porte en lui le germe de la peur et de la violence, qui s'actualise parfois en torture et en meurtre « involontaire » d'un animal ou d'un cadet. On connaît ces « accidents » : crayon enfoncé, « par mégarde », dans l'œil du petit dernier, coup de feu assassin, en « jouant », avec le pistolet familial. On rencontre aussi, bien sûr, le besoin d'aide, la confiance et l'identification, le dévouement aux plus jeunes et l'attachement admiratif des benjamins à leurs aînés. Disons que les sentiments positifs sont menacés en permanence par les négatifs ; par les incidents inévitables de la vie familiale, puis scolaire et sociale. L'arrivée d'un nouveau bébé, la jalousie, la peur de manquer, l'insécurité, le doute à l'égard des parents, la

rivalité entre camarades, les terreurs diverses, l'envie de détruire, les autres et soi-même... On le voit, le travail ne manque pas au pédagogue. Le meurtre étant dans l'homme depuis sa naissance, il faut sans cesse apprivoiser les désirs dangereux ou imbéciles. Il faut également fortifier les désirs salutaires. Apprendre aux enfants, aux jeunes gens, aux adultes, non seulement à ne pas craindre les différences, mais à en jouir ; c'est-à-dire en somme à *aimer autrui*. Car aimer véritablement quelqu'un, ce n'est pas seulement y rechercher sa propre image — ce qui serait s'aimer soi-même à travers lui — mais l'aimer dans ce qui n'appartient qu'à lui, c'est-à-dire dans ses traits différentiels. Il faut encourager et cultiver l'amour.

Ce n'est pas si évident. C'est au nom des différences que l'on opprime, que l'on spolie et que l'on tue ; que l'on justifie la guerre contre l'étranger et que l'on persécute à l'intérieur même des groupes ; il suffit de stigmatiser l'autre sous le nom d'hérétique ou de dissident. Chez les victimes elles-mêmes, les différences peuvent cristalliser, par contrecoup, ce qu'il y a de plus étouffant, sinon de plus nocif dans leurs traditions. On voit clairement cette dialectique dans le phénomène actuel de l'immigration. D'où la conclusion, trop hâtive quelquefois, qu'il faut lutter de front contre tout trait différentiel. Cependant nous n'avons pas le choix : sauf à nous résigner à une guerre sociale permanente, il nous faut enseigner, encourager et favoriser l'amour et les sentiments de solidarité. Ce sera d'autant moins aisé que nos systèmes éducatifs ne font qu'une place tristement restreinte aux sentiments. Cette carence traduit notre embarras. Une confiance excessive risque de nous désarmer en face de nos congénères. D'où le ricanement gêné lorsqu'un adolescent, un rêveur ou un artiste, réclame des conduites plus loyales et plus généreuses ; l'étonnement douloureux des jeunes gens lorsqu'ils découvrent que le réel humain est trop différent de la morale apprise. Pour parer à cette fragilités, il faut que nous nous y mettions tous ensemble. Comme pour le désarmement, une mesure unilatérale risque d'être coûteuse. Notre fraternité, étendue à toute l'espèce, doit être affirmée par tous les pédagogues du monde et proposée en permanence à tous les âges. Des techniques éducatives appropriées doivent être mises au point pour une information inlassable, un exorcisme et une dérivation des pulsions meurtrières. En bref, tout faire pour que les hommes cessent d'être armés les uns contre les autres. Tous les professeurs d'éducation doivent inclure, en même temps, la dénonciation de l'agression et, corrélativement, l'apprentissage de la solidarité. On pratique bien la prévention médicale, pourquoi pas la prévention des désordres du cœur ? Bien sûr, il y a les conflits dont l'enjeu est bien réel ; il y a aussi des conflits qui éclatent parce que chaque partenaire se croit menacé par l'autre. Beaucoup de gens détestent leurs voisins parce qu'ils s'en croient détestés. Puisque l'appréhension du mal, réel ou imaginaire, est l'un des ingrédients de l'agressivité, *tout ce qui diminue la peur a un effet bénéfique*. La maîtrise des vieilles émotions et l'évaluation correcte du danger sont assurément plus rentables que les brutales réactions de l'impulsivité.

3) La pédagogie est un apprentissage individuel même si elle s'adresse parfois à des multitudes. *Il faut également traiter directement le collectif* : c'est le rôle

du politique. La politique est une gestion du collectif, au nom de certaines valeurs et en vue de la meilleure efficacité. Le racisme est dangereux pour les autres, mais il est nocif également pour le groupe raciste, car il revient en boomerang. La haine alimente la haine. Comme toute agression, le racisme déforme le visage et la conduite du raciste lui-même; comme la colonisation transformait l'Européen, même de bonne volonté, en colonisateur. Mais enfin, il faut là encore une bien grande lucidité pour faire la part des méfaits, sur soi-même, de la peur, de l'autorité et des privilèges. Une politique avisée doit tenter, sinon de les supprimer, du moins de les endiguer, d'en atténuer la fréquence et l'intensité. Comment ? A deux niveaux, me semble-t-il : celui des opinions et celui des conduites.

L'opinion contribue à l'action, puisqu'elle précède ou suit l'agression. Les antiracistes réclament la répression de toute manifestation raciste, en paroles ou en actes. J'avoue avoir partagé cet avis. Nous sortions de la guerre et de ses horreurs ; le fascisme, vaincu par les armes, n'avait pas tout à fait perdu la bataille des idées : il restait à extirper son idéologie pour éviter son retour politique. La liberté pour les opinions nocives ne me paraissait pas digne d'être défendue. Je reconnais aujourd'hui que le problème est moins simple, surtout pour un démocrate. Interdire une opinion, même injuste, est déjà l'occasion d'une injustice. On risque toujours, en ces affaires, de tomber de Charybde en Scylla.

Alors que faire ? Je dirais aujourd'hui : *à l'opinion, il faut opposer l'opinion*. Naturellement, la collectivité doit se donner tous les moyens, éducatifs et informatifs, pour contrer les opinions jugées dangereuses pour le groupe, et les sous-groupes qui le composent. Mais si le racisme demeure à l'état d'opinion, tant mieux et tant pis. S'il devient un racisme vrai, c'est-à-dire si l'opinion se révèle un prélude à l'agression, il faut agir.

Certes, il n'est pas toujours aisé de distinguer entre une opinion pure et l'esquisse de l'action. C'est le problème de l'*incitation*, laquelle est déjà plus qu'une tentative de persuasion ; l'appel à la violence est une esquisse du passage à l'acte. Dans l'ensemble, *c'est, tout de même, le passage à l'acte qui doit rester le critère pour le politique*. Il existe, en somme, deux pôles : l'opinion et l'action ; l'opinion peut être tolérée, l'agression fermement *réprimée*. On ne peut pas exiger des gens qu'ils s'aiment, on peut leur *interdire* de s'agresser.

L'idée d'une répression active, pénale ou autre, fait tiquer les libéraux ; comme s'ils craignaient de sembler adopter les méthodes de l'adversaire. Mais lorsque le racisme se traduit par un passage à l'acte, force est de le stopper autrement que par un discours. On en resterait, sinon, à ce que j'ai nommé *l'antiracisme sentimental*[1]. Un mot à ce propos, toutefois. A cet antiracisme surtout émotif, j'ai reproché, avec quelque ironie parfois, l'insuffisance de ses analyses et ses timidités précisément devant les violences, meurtrières quelquefois, des racistes. Sa généreuse cécité l'empêche de voir, par exemple, l'étendue du phénomène, qui atteint même des victimes ordinaires du racisme, racistes à leur tour à l'encontre de plus faible qu'eux. Statistiquement, les mariages mixtes sont plus difficiles à réussir que les autres ; au lieu de le nier, ne

1. Voir A. Memmi, *Agar*, Gallimard, Folio n° 1584.

vaut-il pas mieux y préparer nos jeunes gens pour qu'ils en déjouent les pièges[1] ? Comme toujours, un exact constat préalable est la condition d'une action adaptée ; j'ai eu l'occasion de le montrer à l'occasion, entre autres, du colonisé comme du Juif.

Cette double critique a fait, depuis, les choux gras de certains, qui, par facilité rhétorique, calcul politique ou conviction aberrante, ont été jusqu'à stigmatiser l'antiracisme au même titre que le racisme ; rejoignant curieusement, quelquefois, à leur corps défendant, les attaques de la droite prétendue « nouvelle[a] ». Bien entendu, on ne saurait mettre dans le même sac, renvoyer dos à dos des gens qui se trompent par générosité et ceux qui professent une doctrine d'exclusion. Certes, les naïvetés de certains antiracistes sentimentaux peuvent agacer ; par exemple leur complaisance envers ce que l'on pourrait nommer une *utilisation abusive* du racisme. On m'a raconté que certains étudiants du tiers monde accusent de racisme les filles qui refusent de coucher avec eux ; cela est évidemment indigne. D'une manière générale, on doit se garder d'accuser de racisme à la légère : ce serait desservir la lutte même contre le racisme. On ne doit pas confondre, comme on le fait un peu rapidement, racisme et politique de l'immigration, même si l'un peut avoir inspiré l'autre en partie. Certains hommes politiques se sont servis de l'antiracisme comme argument électoral : c'est tout de même moins grave que de se servir du racisme dans le même but ! Tout cela enfin est sans commune mesure avec le racisme proprement dit, qui est la véritable plaie des relations humaines.

1. *Ibid.*

Bref, ne nous trompons pas de cible... Ou alors c'est qu'on le fait à dessein et que cet amalgame est, là aussi, bien commode. Là encore, la distinction entre *hétérophobie* et *racisme* pourrait rendre service.

L'important, répétons-le, est que telle soit bien notre *philosophie collective* à cet égard. En voici, je crois, l'essentiel :

La lutte contre le racisme coïncide, en partie au moins, avec la lutte contre l'oppression. Car il y aura tout de même lutte, et lutte nécessaire. Le racisme est en somme un sentiment perverti ; il est le résultat, l'expression et l'adjuvant d'une situation de fait, qu'il faudra changer, si l'on veut voir reculer le racisme. Pour que le racisme disparaisse, il faudrait que *l'opprimé cesse d'être un opprimé*, c'est-à-dire cette trop facile victime, et cette image incarnée de la culpabilité de l'oppresseur ; il faudrait aussi que *l'oppresseur cesse d'être un oppresseur*, d'avoir une victime sous la main, d'en avoir besoin et d'avoir besoin de s'en justifier.

Il ne s'agit pas, bien sûr, d'ôter toute agressivité à l'homme, comme ironisent certains racistes au nom d'une espèce de philosophie prétendument virile, alors qu'elle repose sur le mépris de l'homme. Une certaine agressivité est assurément nécessaire à l'homme ; il est nécessaire, quelquefois, qu'il puisse détester et même frapper ; il serait malsain et dangereux qu'il ne le puisse jamais.

Seulement, il ne faut pas que son hésitation, presque normale, devant l'altérité, lui serve d'outil et d'alibi à son injustice ; il ne faut pas que l'accusation raciste lui permette d'opprimer autrui et se transforme en *mythologie*. Il ne faut pas qu'il s'autorise à brimer un individu quelconque au nom de la seule appartenance à un groupe globalement considéré comme pervers.

Il ne sera pas nécessaire de nier toute différence réelle entre les hommes, comme le souhaitent beaucoup d'antiracistes, emportés par une générosité simplificatrice. Il faut au contraire *reconaître lucidement les différences*, c'est-à-dire les admettre et les respecter comme telles : il faut reconnaître l'autre en tant qu'autre, et même peut-être s'enrichir de ces différences. La reconnaissance de l'autre, avec ses différences, ne nie pas le dialogue ; au contraire, elle l'appelle, elle le nécessite. Nier les différences, fermer les yeux sur un aspect indubitable de la réalité humaine, risque au contraire de susciter un dangereux étonnement, et des revirements spectaculaires, le jour où ces différences finissent par s'imposer aux plus généreux. Telle fut l'aventure de nombreux enseignants aux colonies, de nombreux humanistes[1].

---

1. Je saisis l'occasion de préciser ceci au sujet de l'humanisme : ces dernières décades, on le sait, on a porté à l'humanisme de très nombreux coups, et j'ai moi-même quelquefois moqué les humanistes. Il est nécessaire toutefois de distinguer entre ces coups.

Les fascistes aussi ont violemment condamné et méprisé les humanistes : c'est parce qu'ils combattaient l'image de l'homme ainsi proposée par eux.

Notre impatience a, bien entendu, une tout autre signification : nous regrettions que, dans son élan généreux vers l'homme universel, vers une fraternité basée sur la raison, sur un dénominateur commun à tous les hommes, les humanistes en arrivent à négliger les problèmes concrets, spécifiques, de tel ou tel homme particulier. Sans compter qu'il s'agit souvent d'homme en situation historique difficile, le colonisé par exemple, ou le Noir. Ce qui est le plus grave, car l'humanisme risque de devenir la philosophie d'un alibi, comme dans la prétendue « mission » civilisatrice des colonisateurs. Cela

Refuser le racisme, c'est choisir une certaine conception de l'humanité : réconciliée entre ses différentes composantes, donc relativement unifiée. Inversement, l'humanité ne peut s'unifier que par l'équité entre les peuples et entre les individus qui la composent. Ordinairement, cela s'appelle *l'universalisme*.

A l'universalisme, on a fait deux objections principales : ce serait une philosophie à la fois inefficace et hypocrite ; le deuxième trait découlant du premier. Ce serait un vieux cheval usé, non d'avoir trop servi, mais d'avoir démontré sa tragique inutilité. L'universalisme juif, le prophétisme, puis l'universalisme chrétien, avec les Eglises, l'universalisme mahométan, communauté des croyants et indulgence aux gens du Livre, l'universalisme marxiste, union de prolétaires et salut de tous par la Révolution, n'ont pas réussi à arrêter la violence, l'injustice et les massacres. Au mieux, jusqu'ici, l'universalisme est demeuré une utopie. Ou pire : un alibi, pour détourner l'attention de privilèges existants et toujours renaissants. Pour les dominés, il ne s'agit alors que d'une philosophie mensongère, qui couvre leurs oppressions réelles d'un manteau d'abstraite vertu. On l'a vu lors de la traite des Noirs, de l'industrialisation de l'Europe ou de la colonisation : proclamer que les hommes sont frères en maintenant une partie d'entre eux en esclavage, c'est se rendre complice de leurs agresseurs.

Comment faire pour que l'universalisme ne soit ni un piège ni une utopie ?

---

dit, je ne renie nullement l'idéal humaniste, qui reste à promouvoir : qui est devant nous et non derrière.

Sur l'humanisme, voir A. Memmi, *A contre-courants*, *op. cit.*, article « Humanisme ».

Paradoxalement, au lieu d'y renoncer, il faut plus d'universalisme encore. Il faut passer d'un universalisme abstrait à un universalisme concret : *il ne suffit pas de condamner le racisme, il faut agir sur ses conditions collectives d'apparition*. En somme, l'universalisme ne doit pas être seulement une philosophie, mais une action. Une action double, négative et positive : une lutte contre l'oppression et une lutte pour une fraternité effective et réciproque.

Le racisme est, enfin, une manifestation directe ou indirecte de la dominance ; il n'est possible que si, à la faveur d'une opinion, on peut dominer autrui. Conclusion pratique : *pour que le racisme recule, il faut combattre la dominance*. La sociologie du monde contemporain nous en offre quelques preuves quasi expérimentales. Le cas des Arabes présente à cet égard une variation remarquable, qui se déroule sous les yeux d'une même génération. Tant qu'ils étaient colonisés, il existait une arabophobie ; laquelle régresse dès lors qu'ils redeviennent une relative puissance économique. Or, en même temps, les travailleurs arabes immigrés continuent à en souffrir : c'est que ces malheureux demeurent sous la coupe directe des Européens. La judéophobie offre une autre corrélation, constatable à l'œil nu, avec les fluctuations du destin d'Israël, perçu comme la nation des Juifs. La judéophobie s'atténue dans les moments d'affirmation de cet Etat (réalisation des pionniers, guerres victorieuses, coups de main réussis) et relève la tête lorsque Israël perd du terrain. L'attitude des possédants européens à l'égard des ouvriers a bien changé depuis l'affirmation des syndicats.

L'universalité signifie, enfin, une réciprocité véritable, ou c'est un leurre, en effet. L'universalisme est un vœu, c'est vrai, non un fait; une valeur, non une réalité déjà constatable. La société humaine n'est pas unifiée, elle tend vers l'unification : l'universalisme peut y contribuer.

Je demande, pour finir, que l'on réfléchisse sur ceci : quand considère-t-on que voler ou tuer est condamnable ? *A l'intérieur d'une loi commune*[1]. Hors de ces frontières, géographiques et juridiques, on a moins de scrupules : le soldat viole plus facilement la femme du voisin et emporte tranquillement ses meubles, qu'il nomme butin. L'étranger est celui qui, ne relevant pas de nos lois, n'en est pas protégé; c'est-à-dire qui n'appartient pas à la même communauté que nous. Les groupes continuent à se faire violence, parce qu'ils n'ont toujours pas élaboré une loi commune : c'est-à-dire n'ont toujours pas fondé une même communauté. Inversement, chaque fois que la communauté, interethnique ou internationale s'affirme, l'injustice et la guerre reculent. Aux Etats-Unis, les Nordistes et les Sudistes ont cessé de se faire la guerre depuis la réunification, mais les Noirs continuent une guerre interne parce qu'ils ne s'estiment pas intégrés à la nation américaine. Entre les républiques soviétiques, la guerre ne devrait plus exister, mais les troubles continuent parce que, de temps en temps, tel partenaire s'estime défavorisé par *la loi commune*. Bref, plus les hommes se considèrent et se traitent comme des semblables, plus la violence recule; plus il se

---

[1]. Voir A. Memmi, « La Loi commune », in *Tribune de Genève*, 18 septembre 1993.

considèrent et se traitent comme différents, plus est grand le risque de xénophobie, c'est-à-dire de violence[1].

Les derniers événements de Pologne ont apporté une amère illustration à mon propos : pourquoi une émotion si intense — légitime certes mais démesurée comparativement à d'autres malheurs qui frappent le reste du monde. Il y a eu deux cents morts, scandaleuses, en Pologne ; mais quarante mille enfants, semble-t-il, meurent de faim tous les jours dans les pays du tiers monde. Deux millions d'enfants, de par le monde, sont livrés à la prostitution. Pourquoi cette différence dans la réaction des Européens, sinon qu'ils considèrent la Pologne comme une partie d'eux-mêmes et le tiers monde comme un univers étranger ?

Je suis, on le voit, d'un *optimisme modéré*. La lutte contre le racisme sera longue, et probablement jamais achevée. L'homme étant ce qu'il est, on ne peut espérer, pour le moment, une éviction complète des conduites racistes. Même le métissage n'est pas un remède sûr ; l'exemple du Brésil n'est guère encourageant : le racisme n'y a pas disparu ; il s'est créé des hiérarchies selon la pigmentation. Aux Antilles les classes sociales correspondent à une échelle de couleurs. Comme si le racisme découvrait à chaque fois la ruse qui convient[a].

Mais, d'autre part, l'homme étant ce qu'il est, la tâche peut et doit être entreprise : l'homme est à la fois ange et bête, il faut aider l'ange à l'emporter sur la

---

1. D'où, nous l'avons vu, l'une des difficultés de l'affirmation des différences, si légitime soit-elle par ailleurs.

bête, ou, plus prosaïquement, fortifier la *dépendance réciproque* qui est, avons-nous noté, à la base du lien social. Quelle que soit l'importance des conflits entre les individus et les groupes, la relative stabilité des structures sociales confirme le besoin réciproque, qui suscite et impose des règles communes de vie. Le racisme en est exactement la démarche inverse, puisqu'il est une tentative d'exclusion et de légitimation de l'exclusion.

Le pessimiste objectera que c'est là pure rhétorique pour maquiller les mêmes vieilles conduites. Mais un effort, même rhétorique, n'est pas vain. Par-delà sa perversité, le discours raciste est, avons-nous dit, un plaidoyer et un alibi. Mais la recherche d'un alibi est aussi une reconnaissance de la loi. Le racisme est une agression qui donne, et se donne, de prétendues raisons. Cette ruse est le signe de sa sournoiserie et l'aveu forcé de son humanité. Voilà pourquoi personne ne s'accepte raciste : personne ne veut, au fond de lui-même, renoncer à toute humanité. Les racistes les plus bornés ont au moins une oreille qui écoute ; relais vers cette part d'eux-mêmes qui n'approuve pas totalement l'iniquité et l'oppression. La folie et l'horreur du nazisme viennent de ce qu'il a renoncé à toute légitimation, qu'il a fait du racisme une philosophie, sinon une conception de l'humanité.

C'est peu ? On peut être saisi de découragement devant une tâche infinie et sans cesse à recommencer. Mais, jusqu'ici, toute paix fut une trêve entre deux guerres et pourtant nous aspirons toujours à la paix. La santé est fragile, la mort toujours au bout et pourtant nous tâchons de nous maintenir en bonne santé. *La lutte contre le racisme est la condition de notre santé collective.* Elle résume les débats moraux fondamentaux : amour ou haine d'autrui, justice ou injustice, égalité ou oppression, ou d'un mot : plus ou moins d'humanité. L'essence de la morale, c'est le respect d'autrui : ce sera notre honneur d'homme de construire un monde plus humain. En attendant que même les animaux y trouvent un jour paix et sécurité, faisons au moins que les hommes, tous les hommes, n'y soient plus traités comme des bêtes.

Devant l'altérité, en bref, et les problèmes qu'elle pose assurément, il y a deux réponses possibles : la guerre ou le dialogue. La tentation de vaincre autrui, de l'asservir, et de s'en donner un prétexte idéologique, raciste ou autre, est certainement très commune et, en apparence, plus fructueuse que l'instauration du dialogue et d'une juste réciprocité.

Ici, intervient enfin une *option*, éthique et politique, que nous avons volontairement laissée de côté, durant toute cette recherche : il faut choisir, certes, entre une attitude et une conduite qui écrasent et humilient certains hommes au profit d'autres, et une attitude et une conduite qui accordent au départ, à tous les hommes, une même et égale dignité. Ici se place en effet la ligne de partage entre racistes et antiracistes. Le raciste accepte cette violence primitive et prétend la justifier : il aboutit assurément à une certaine philosophie de l'homme et des rapports humains. L'antiraciste refuse cette rupture entre les hommes et leur classification définitive en inférieurs et en supérieurs. Il croit au dialogue, et accepte une remise en question des situations acquises et des privilèges. *Il s'agit bien en définitive de deux visions de l'homme et de deux philosophies.*

Un dernier mot : on ne peut se cacher la difficulté de la lutte contre le racisme.

Il n'est pas commode de se mettre à la place de l'opprimé, quel qu'il soit ; l'identification sympathique à autrui est d'autant plus difficile que l'opprimé est davantage opprimé, c'est-à-dire que la *distance*, sociale, psychologique, est grande entre lui et les autres hommes. Il y avait souvent un tel hiatus entre le colonisé et le colonisateur, même de très bonne volonté, que l'homme européen et blanc n'arrivait pas même à deviner ce qui se passait dans l'âme de son domestique indigène (« Ils sont impénétrables »). Il existe en outre, chez la victime de l'oppression, un élément de désespoir, de sans-issue, qui fait la coloration particulière de son angoisse et qui n'existe guère chez le non-opprimé. Puisque, par définition même, le non-opprimé peut à tout moment faire cesser cette expérience. Aussi sympathiques que furent les efforts de l'Américain Griffith, se teignant en noir et vivant parmi les Noirs du Sud, il savait qu'il pourrait, à tout instant, remonter vers le Nord et crier « Je suis Blanc ! » et en terminer avec son cauchemar volontaire. On ne se met jamais complètement à la place d'un Noir, ou à celle d'un Juif qui a perdu les siens dans un crématoire.

De même, la pédagogie des écoles doit vaincre la pédagogie de la rue, du milieu familial ; doit contrer toute une tradition culturelle, d'autant plus tenace qu'elle est floue et incohérente. *La transformation des conditions objectives d'existence* enfin, qui seule permettrait peut-être la fin des oppressions, n'est pas pour demain. Elle ne dépend pas des seules forces des antiracistes. Rien ne garantit, en outre, qu'un nouvel ordre politique, pour lequel on aura beaucoup lutté, n'utilisera à son tour l'alibi raciste, recette si éprouvée dans les crises sociales.

La lutte contre le racisme est longue, difficile, sans cesse reprise, probablement jamais achevée.

Et pourtant, pour cela même, c'est une lutte qui doit être sans relâche et sans concessions. On ne peut pas être indulgent envers le racisme, on n'introduit pas le monstre dans la maison, même et surtout pas sous un masque, car c'est lui accorder une chance, c'est augmenter la part de l'animal en nous et chez les autres hommes, c'est diminuer celle de l'humain. *Accepter l'univers raciste, même un peu, c'est avaliser la peur, l'injustice et la violence*; c'est accepter que demeurent les ténèbres historiques dans lesquelles nous vivons largement encore ; c'est accepter que l'étranger reste une victime possible. (Or, quel homme n'est pas un étranger relatif ?) Le racisme illustre, en somme, l'inévitable négativité de la condition de l'homme dominé; c'est-à-dire éclaire d'une certaine manière toute la condition humaine. Le combat antiraciste, difficile, toujours douteux, est pourtant un des prolégomènes au passage de l'animalité à l'humanité. *En ce sens, nous ne pouvons pas ne pas relever le défi raciste.*

Il demeure, c'est vrai, que la conduite morale *relève d'un choix*, qu'il faut vouloir. Un choix aussi motivé que l'autre, mais discutable dans son principe et dans ses conséquences. Disons, en gros, que le choix de se conduire moralement est la condition de l'instauration d'un ordre humain. Et que le racisme en serait, au contraire, la négation. C'est presque un pléonasme. On ne peut pas fonder une morale, sinon une législation, sur le racisme. Car le racisme signifie l'exclusion de l'autre, et sa sujétion par la violence et la domination. Du point de vue éthique, si l'on voulait utiliser le langage religieux, le racisme est « le péché vraiment capital » (Etiemble[a]). Ce n'est pas un hasard si la quasi-totalité des traditions spirituelles de l'humanité suggèrent de respecter les faibles, orphelins, veuves ou étrangers. Il ne s'agit pas seulement de morale théorique et de commandements désintéressés. Une telle unanimité dans la sauvegarde d'autrui suppose l'utilité de cette mesure : tout compte fait, nous avons *intérêt* à bannir l'injustice, parce que l'injustice engendre la violence et la mort.

Certes, cela se discute. On peut penser que si l'on est assez fort, on peut se permettre d'agresser et d'opprimer les autres. Mais personne n'est jamais sûr de rester définitivement le plus fort. Un jour, peut-être, les rôles seront renversés. Toute société injuste contient en elle-même des germes de mort. Il est probablement plus habile de ménager autrui afin qu'il vous ménage. « Souviens-toi, dit la Bible, que tu as été étranger en Egypte », ce qui signifie, à la fois, ménage l'étranger car tu as été étranger toi-même et tu risques de le redevenir un jour. C'est un rappel éthique et pratique à la fois. C'est un contrat, implicite, bien compris. Bref, *le refus du racisme est la condition de toute morale* théorique et pratique. Car le choix éthique commande enfin le choix politique : une société juste est une société acceptée par tous. Si ce principe contractuel n'est pas accepté, c'est le conflit, la violence et la destruction, qui resteront notre lot potentiel. S'il l'est, nous pouvons espérer un jour vivre en paix. Ce n'est qu'un pari, c'est vrai, mais l'enjeu en est tentant.

ANNEXES

TEXTES A L'APPUI

On trouvera ici, reproduits à titre d'illustration, quelques textes du même auteur, choisis parmi ses écrits antérieurs.

Ils seront suivis d'un sommaire analytique des thèmes traités et d'un classement chronologique de ses principaux écrits concernant le racisme, afin de permettre l'utilisation la plus commode de l'ensemble de ces écrits.

Essai de définition[1] *commentée*

C'est pour répondre à une demande pédagogique que j'ai rédigé ce texte où je tente une *définition commentée* du racisme. Il pourrait servir de base à une leçon.

La définition qui va suivre est, bien entendu, le résultat de tout le commentaire et de l'analyse. Je la mets en tête pour mémoire et par un procédé d'exposition analogue à celui des mathématiciens. On pourrait aussi bien lire ces pages dans l'ordre inverse des paragraphes : III-II-I. Le mieux serait qu'on parcoure rapidement la définition et l'analyse, quitte à y revenir à la lumière du commentaire.

I. DÉFINITION

Le racisme est la valorisation, généralisée et définitive, de différences, réelles ou imaginaires, au profit de l'accusateur et au détriment de sa victime, afin de justifier une agression.

---

1. *L'homme dominé, op. cit.*[a].

II. ANALYSE DE L'ATTITUDE RACISTE

L'analyse de l'attitude raciste y révèle quatre éléments importants :
1) Insister sur des *différences, réelles ou imaginaires*, entre le raciste et sa victime.
2) *Valoriser* ces différences, au profit du raciste, et au détriment de sa victime.
3) S'efforcer de les porter à *l'absolu*, en les *généralisant* et en affirmant qu'elles sont *définitives*.
4) *Légitimer une agression*, ou un *privilège*, effectifs ou éventuels [1].

III. COMMENTAIRE

Le terme de *racisme* est évidemment inadéquat pour un mécanisme aussi général, puisqu'il fait référence uniquement à des traits biologiques. Il est trop étroit, comme *antisémitisme* est, au contraire, trop large, puisqu'il devrait concerner tous les Sémites et pas seulement les Juifs. A strictement parler, il signifierait une théorie de la *différence biologique*. Les nazis, après les idéologues de la traite des Noirs et de la colonisation, y ont inclus une hiérarchisation politique, morale et culturelle des groupes humains d'après leurs différences biologiques.

---

1. S'il fallait résumer encore, je dirais que le racisme me semble comporter trois éléments essentiels : 1) l'insistance sur une *différence* ; 2) son *utilisation mythique* ; 3) la *commodité* de cette utilisation. Ou, plus brièvement encore : l'utilisation profitable d'une différence.

Un mécanisme général

En fait, l'accusation raciste s'appuie tantôt sur une différence biologique, tantôt sur une différence culturelle. Tantôt elle part de la biologie, tantôt de la culture, pour généraliser ensuite à l'ensemble de la personnalité, de la vie et du groupe de l'accusé. Quelquefois, le trait biologique est hésitant ou même absent. En somme, nous nous trouvons devant un mécanisme infiniment plus varié, plus complexe, et malheureusement plus courant que peut le laisser croire le terme strict de racisme. Il faudrait songer à le remplacer par un autre mot, ou une locution, qui exprimerait à la fois la variété et la parenté des démarches racistes[1]. Je proposerais volontiers *hétérophobie*[2] dont le racisme serait une variété.

L'insistance sur une différence

La démarche raciste se présente d'abord comme l'insistance sur une ou plusieurs *différences* entre l'accusateur et sa victime. Révéler un trait différentiel entre deux individus ou deux groupes, n'est cependant pas, à elle seule, une attitude raciste. Après tout, c'est l'une des démarches de tout savant en sciences humaines. L'affirmation de la différence prend une

---

1. Peut-être par un couple de termes, par exemple : *Agression/Justification*, qui résume assez bien le mécanisme général que nous allons décrire.
2. J'ai quelquefois utilisé les termes d'*altérophobie* ou d'*ethnophobie* ; mieux vaut s'en tenir à *hétérophobie* qui les comprend tous. (Note de 1982.)

signification particulière dans le contexte raciste : en insistant sur la différence, le raciste veut augmenter ou créer *l'exclusion, la séparation* de la victime hors de la collectivité ou de l'humanité.

Le racisme du colonisateur veut démontrer l'impossibilité d'inclure le colonisé dans une cité commune : parce qu'il serait trop différent biologiquement, culturellement ; parce qu'il serait incapable techniquement, politiquement, etc. Le racisme antisémite, en peignant le Juif comme un être radicalement étranger et étrange, s'efforce d'expliquer l'isolement, la mise en quarantaine du Juif. L'utilisation de la différence est nécessaire dans la démarche raciste : *mais ce n'est pas la différence qui appelle toujours le racisme, c'est le racisme qui utilise la différence.*

La différence est réelle ou imaginaire

La preuve? Si la différence manque, le raciste l'invente ; si la différence existe, il l'interprète à son profit. Il n'insiste que sur les différences utilisables dans son argumentation. En bref, la différence est réelle ou imaginaire, importante ou minime en soi.

Remarque importante cependant : contrairement à l'opinion courante de l'antiraciste sentimental, je ne crois donc pas que la différence proposée par le raciste soit toujours imaginaire, pur délire ou mensonge malveillant. Le raciste peut s'appuyer sur un *trait réel*, biologique, psychologique, culturel ou social : la couleur de la peau chez le Noir ou les traditions culturelles des Juifs [1].

---

1. Ou même une véritable *carence* quelquefois. Bien entendu, le raciste, loin de voir dans la carence un résultat de l'oppression, qu'il

Le raciste peut certes inventer une différence, s'il en a besoin dans son argumentation, mais la démarche raciste ne se borne pas davantage à cette imagination de traits différentiels, plus ou moins fantaisistes, ni dans un simple constat de différences, effectives quelquefois : elle contient toujours une *interprétation* de ces différences, une *valorisation*[1]. Disons en bref que *la différence est valorisée au détriment de l'accusé et au profit de l'accusateur.*

La différence est valorisée

La valorisation de la différence est, assurément, l'un des nœuds de la démarche raciste. Cette valorisation contient, explicitement ou implicitement, un double mouvement : elle tend à prouver l'infériorité de la victime *et* la supériorité du raciste. Mieux, elle prouve l'une par l'autre : l'infériorité de la race noire signifie automatiquement la supériorité de la race blanche. L'infériorité du colonisé démontre d'une manière éclatante la supériorité du colonisateur. La valorisation est, en somme, à la fois négative et positive ; elle affirme du même coup la négativité de la victime et la positivité de l'accusateur. On comprend par suite :

1) Que toute différence, qui sépare la victime de son

---

fait lui-même subir à sa victime, ou pour le moins de conditions objectives, qui s'imposent à elle, il lui en fait grief, comme d'une faute ou d'une tare ; et, surtout, la porte à l'absolu. Exemple : l'impréparation technique du colonisé, résultat de la colonisation ; ou l'absentéisme élevé des femmes salariées, résultat des charges familiales. Voir A. Memmi, *Portrait du colonisé, op. cit.*

1. On m'a discuté ce terme de *valorisation*. Il a ici, bien entendu, son sens strict : affecter d'une valeur, *positive* ou *négative* ; auquel cas, *dévalorisation* conviendrait mieux.

accusateur, risque d'être suspecte et condamnable. Puisque la démonstration raciste commence avec cette valorisation négative ; puisque toute différence, réelle ou supposée, se transforme, par un simple changement de signe, en mérite de l'accusateur, en une valorisation positive au profit de l'accusateur. Dans un univers raciste, *la différence est mauvaise* (celle, bien entendu, qui caractérise la victime par rapport à l'accusateur, posé comme point de repère : ce n'est pas la couleur blanche qui différencie le Blanc du Noir, c'est la couleur noire qui différencie catastrophiquement le Noir du Blanc).

2) Que le raciste va tendre de toutes ses forces à augmenter la distance entre les signes, à *maximaliser la différence*. En effet : plus il enfonce sa victime, plus il se grandit ; plus il valorise la différence au détriment de sa victime, plus il la valorise à son profit[1].

Voilà pourquoi une simple différence, biologique ou culturelle, réelle quelquefois, entraîne à sa suite une foule de significations : la biologie du Juif devient en outre laide, malsaine. Encore un pas, et elle devient grosse d'une psychologie particulière, malfaisante, puis d'un être métaphysique, etc. Nous passons de la biologie à la morale, de la morale à la politique, de la politique à la métaphysique.

A partir de la valorisation, on découvre clairement la cohérence des conséquences : il faut donc que cette différence, nocive et infamante, qui accable la victime et avantage son accusateur, devienne *absolue*. Si

---

1. Voir dans *Portrait du colonisé, op. cit.*, la notion de *complexe de Néron* qui contient également ce mouvement complémentaire et contradictoire de bascule.

l'accusateur veut fonder radicalement sa supériorité, il faut que la différence devienne radicale.

La différence est généralisée

La démarche raciste comporte ainsi un effort de généralisation, de totalisation : de fil en aiguille, c'est *toute la personnalité* de la victime qui est ainsi caractérisée ; ce sont *tous les membres* de son groupe social qui tombent sous le coup de l'accusation.

1) On comprend mieux, dans cette perspective, le succès du racisme biologique : il s'y insère particulièrement bien. La différence désastreuse trouve une espèce de substrat : elle est inscrite dans la chair et dans le sang, dans les gènes de la victime. Elle se transforme en destin, en fatalité héréditaire. Dorénavant, et pour toujours, *l'être* même de la victime en est atteint. Donc, *toutes les manifestations de cet être* : le corps, l'âme et la conduite. Il est rare qu'un racisme biologique n'entraîne pas un racisme psychologique et un racisme culturel (il s'agit alors plutôt d'un ethnisme que d'un racisme).

2) Si la différence atteint si profondément tout l'être de la victime, elle doit atteindre également *tous les siens, qui participent* du même être [1].

Ce n'est donc pas seulement une généralisation : la relation entre le trait individuel et le trait collectif est en quelque sorte dialectique. Chaque défaut, réel ou supposé, de l'accusé, est étendu à tous ses semblables ; mais l'accusé est condamné au nom d'un défaut collectif, sous-entendu. L'antisémite part de l'avidité

---

1. Voir également, dans *Portrait du colonisé*, « La marque du pluriel ».

éventuelle de tel Juif pour conclure que tous les Juifs sont avides ; ou décide que l'on ne peut faire confiance à aucun Juif en particulier, parce que tous les Juifs sont avides. De même pour la fameuse paresse du colonisé ou la violence du Noir.

A quelque niveau qu'il intervienne, on trouve dans le racisme cet élément *collectif* qui est évidemment l'un des meilleurs moyens de totalisation : aucun Juif, aucun colonisé, aucun Noir ne devrait pouvoir échapper à ce *déterminisme social ou métaphysique.*

La différence est définitive

On comprendra que le même mouvement soit également étendu dans le *temps*, dans le passé et dans l'avenir : le Juif a *toujours* été avide, le Noir a *toujours* été inférieur ; conclusion : ils le seront toujours, sans espoir de changement, sans salut possible. *Globalisation, totalisation, généralisation sociale et généralisation temporelle* convergent vers le même but : à la limite, on aboutirait à une *substantification* de la différence, puis de la figure de la victime : il existerait ainsi une espèce de Colonisé absolu, de Juif absolu. Figures négatives, bien entendu ; définitivement et absolument négatives. On sait comment le Juif a fini par devenir l'une des incarnations du diable au Moyen Age, comment il redevient l'ennemi radical et antithétique des Allemands nazis ; le Noir devient l'une des catégories inférieures de l'espèce humaine. *A la limite, en somme, le racisme tend vers le mythe.*

Voilà où la construction décolle du réel, auquel elle a pu s'alimenter un moment, pour suivre sa propre cohérence. Sur cet itinéraire qui va de la simple accusation au mythe, prennent place les différentes étapes dans la dévalorisation de la victime. En gros, il s'agit d'une *déshumanisation progressive*. Le raciste caractérise sa victime par une série de traits surprenants : elle serait incompréhensible, opaque, mystérieuse, étrange, inquiétante, etc. Lentement, il en fait une espèce d'animal ou de chose, ou plus simplement encore un symbole.

Au terme de cet effort d'exclusion de toute communauté humaine, la victime est définitivement rivée dans son destin de malheur, de dérision et de culpabilité. Et définitivement, par contrecoup, l'accusateur est assuré de garder son rôle de justicier légitime.

La justification de l'accusateur

En somme, si le racisme tend vers un mythe, ce *mythe renvoie au raciste*.

Les motivations de la démarche raciste se trouvent dans le raciste lui-même. Une analyse, même superficielle, les fait aisément découvrir, que ce soit dans l'agression individuelle ou dans l'agression collective.

Je ne reviendrai pas sur les analyses maintenant classiques du phénomène du bouc émissaire ou de l'étranger corrupteur de l'âme nationale. On sait comment un groupe humain, pour se débarrasser de diverses culpabilités, les projette sur un objet, un animal, un homme ou un autre groupe, qu'il accuse et punit à sa place. Je n'insisterai pas, non plus, sur le racisme-alibi, en vue d'une agression individuelle. La concurrence économique, la rivalité de prestige entre intellectuels ou artistes, peuvent appeler le racisme :

c'est-à-dire la justification à priori de toutes les difficultés de l'accusateur et de sa conduite à l'égard de son adversaire. D'une manière moins sordide, il existe même *une motivation proprement individuelle*[1]. Un certain dépaysement devant le différent, l'anxiété qui en découle, l'agression comme moyen spontané de réduire cette anxiété, tout cela se trouve chez les enfants et probablement chez un grand nombre d'adultes. Le différent, l'étranger, peut être senti comme un facteur de trouble, donc de scandale : de là à essayer de le faire disparaître... La réaction est primaire, quasi animale, mais elle est certainement plus profonde qu'on ne l'avoue. Et il faudra bien l'étudier plus sérieusement et non l'éluder par un moralisme optimiste. Dans tous les cas, le mécanisme reste le même : une caractérisation, vraie ou fausse, de la victime, tente d'expliquer, de *justifier* l'attitude et la conduite à son égard de l'accusateur lui-même.

La légitimation de l'injustice

Quelles sont donc cette attitude et cette conduite, qui ont besoin d'être ainsi justifiées ? Pourquoi l'accu-

---

[1]. Les motivations individuelles ne suppriment pas pour autant *la médiation du facteur social*, qui me paraît capitale dans toute démarche raciste. La motivation individuelle ne devient du racisme proprement dit que lorsqu'elle passe par la culture et les idéologies de groupe. Elle cherche et trouve dans les stéréotypes régnants de quoi expliquer son malaise, qui se transforme alors en racisme. En fait, l'individu raciste trouve autour de lui, dans son éducation, dans sa culture, le racisme comme une attitude mentale possible, qu'il adopte lorsque le besoin s'en fait sentir. En bref, la médiation du social se fait à deux niveaux : au niveau de la victime, qui participe d'un groupe coupable et taré, et au niveau de l'accusateur, qui représente un groupe normal et sain.

sateur se croit-il obligé d'accuser pour se légitimer ? *C'est parce qu'il se sent coupable à l'égard de sa victime*. C'est parce qu'il pense que sa conduite et son attitude sont essentiellement injustes et dolosives envers sa victime. Car il faut ici renverser l'argumentation du raciste : il ne punit pas sa victime parce qu'elle mérite punition, il la déclare coupable parce qu'elle est *déjà* punie. Au mieux, parce qu'il s'apprête à la punir.

La preuve ? *En fait, la sanction a déjà presque toujours été appliquée*. La victime du racisme vit *déjà* dans l'opprobre et l'oppression. Généralement le raciste ne dirige pas son accusation contre des puissants, mais presque toujours contre des vaincus. Le Juif est déjà exclu ; le Colonisé est déjà colonisé. C'est pour justifier cette sanction, ce malheur, que le raisonnement est institué : il permet d'expliquer, de légitimer le *numerus clausus* ou l'exploitation coloniale.

J'ajoute que, très souvent, cette injustice, la vie précaire de la victime échappent à la volonté même de chaque accusateur. *Le racisme est la contrepartie objective de la situation objective de la victime*. En quelque sorte : si la femme souffre, c'est qu'elle méritait de souffrir, si le Noir est esclave, c'est qu'il a été maudit. L'individu peut être tenté par ce raisonnement collectif, qui appartient aux valeurs de son milieu, qui lui ôte le poids de son éventuelle responsabilité. Il n'y a plus de scandale, puisque tout le monde le tolère et l'approuve.

Racisme et oppression

Voilà pourquoi le racisme accompagne pratiquement toutes les oppressions : *le racisme est l'une des meilleures justifications, l'un des meilleurs symboles de l'oppression.* Je l'ai retrouvé dans la relation coloniale, dans l'antisémitisme, dans l'oppression du Noir ; il en existe des formes plus ou moins explicites dans la condition prolétarienne, la condition servile, etc.

Bien entendu, il se nuance, s'explicite différemment suivant ces divers contextes sociaux et historiques, suivant ces diverses oppressions. Ce dénominateur commun ne doit nullement dispenser de chercher dans chaque cas *la spécificité de chaque contexte.* Au contraire, je l'ai assez montré, l'accusation raciste, relativement monotone et banale dans sa démarche, doit suggérer autre chose : ce contexte précisément, cette oppression spécifique, qui est la cause réelle de l'alibi raciste : le Noir est caractérisé comme un incapable congénital afin que l'on puisse le maintenir en esclavage économique ; le colonisé comme un inapte technique définitif, afin que la colonisation puisse durer ; le prolétaire comme politiquement et socialement infantile, afin que la domination des classes possédantes reste incontestée. Et, pour en finir avec chaque racisme particulier, il faudra bien en venir à s'attaquer à la colonisation ou à la structure sociale et politique de nos sociétés.

Cela dit, il reste que *nous découvrons un mécanisme fondamental*, commun à toutes les réactions racistes : *il faut légitimer l'injustice d'un oppresseur à l'égard d'un opprimé* ; *une agression*, permanente ou que l'on se prépare à commettre. Et le *privilège* n'est-il pas l'une des agressions permanentes, infligées à un homme ou un groupe dominé par un homme ou un groupe dominateur ? Comment excuser un tel désordre, si avantageux par ailleurs, sinon en accablant la victime ? Par-delà ses masques, *le racisme est une auto-absolution du raciste.*

Rappel de la définition

Nous pouvons enfin considérer la définition proposée et qui résume l'essentiel de ce commentaire :
Le racisme est la valorisation, généralisée et définitive, de différences, réelles ou imaginaires, au profit de l'accusateur et au détriment de sa victime, afin de justifier une agression ou un privilège[1].

Note pour une lutte et une thérapeutique antiracistes

Nous quittons ici la définition proprement dite et son commentaire. Peut-on en déduire une technique d'action contre le racisme ?

Il m'a paru nécessaire, on l'a vu, d'abandonner définitivement cette sociologie des bons sentiments, ou ce psychopathologisme, qui font du racisme une aberration monstrueuse et incompréhensible de certains groupes sociaux ou une espèce de folie de certains individus. (Ainsi le nazisme devient un phénomène « inexplicable » dans l'Europe du XXe siècle — la personnalité du raciste relève d'une vague pathologie.) Or, le racisme possède des bases dans l'individu humain et dans le groupe social ; il fonctionne d'après

---

1. Cette définition peut encore être simplifiée : voir p. 14.

des mécanismes qui ont leur cohérence particulière. Une lutte contre le racisme doit se faire à partir de la connaissance de ces bases et de ces mécanismes, et en agissant sur eux.

Il faudrait prévoir, en somme, d'abord un travail *d'information* et une lutte proprement *politique*.

Le travail d'information et d'éducation doit repenser la notion de *différence*. Pour le raciste, le fût-il par dépaysement, par peur de l'inconnu, la différence est mauvaise et donc condamnable. Paradoxalement, l'humaniste et l'antiraciste ne le contredisent pas : ils se bornent à nier l'existence de différences, ce qui est une manière d'esquiver le problème. Il faudra donc bien en arriver à constater certaines différences entre les hommes et à montrer que les différences ne sont pas nécessairement nocives et scandaleuses[1].

La lutte politique doit reposer sur une analyse particulière à chaque contexte : à qui l'argumentation raciste profite-t-elle ? Quel privilège ou quelle agression prépare-t-elle ou couvre-t-elle ? Par suite, si l'on veut réellement atteindre le racisme, il faudra s'attaquer à ce rapport concret, à *cette oppression, implicite ou explicite*. Faute de quoi, on continuera à se limiter à l'indignation peu coûteuse, mais parfaitement inefficace, de l'antiracisme sentimental.

---

1. Voir les conclusions du *Portrait du colonisé* et du *Portrait d'un Juif*. Le colonisé, comme le Juif ou le Noir, ne doit pas se nier ou se camoufler, pour désarmer ses adversaires racistes respectifs. Il doit réclamer d'être accepté comme il est, avec ses différences.

NOTES DE 1973

Dans ce texte et le suivant, je n'ai peut-être pas assez insisté sur cet autre aspect du racisme : le renforcement de l'appartenance au groupe. Ces deux mouvements sont évidemment complémentaires. D'une manière générale, dans toute xénophobie, dans toute *hétérophobie*, le rejet de l'autre permet de confirmer l'appartenance de l'individu à sa communauté et de resserrer la conscience collective... contre les autres.

On trouvera plus de développements sur ce point, ainsi qu'un historique dans l'article « Racisme » que j'ai rédigé pour *l'Encyclopaedia universalis* et qui est reproduit en annexe, à la suite de ce texte.

*

Dans l'article « Racisme, ethnisme, xénophobie[1] », Maxime Rodinson me reproche également de « noyer un phénomène spécifique dans un ensemble bien trop vaste ».

Je ne puis que réaffirmer mes deux pôles méthodologiques :

1) Essayer de mettre à jour des *mécanismes généraux* à travers plusieurs conduites similaires.

2) Rechercher, dans chaque cas, la *spécificité* de chaque démarche.

---

1. *Op. cit.*, p. 410.

Exemple : l'antisémitisme est une variété du racisme et ne se comprend que dans ce rapprochement. Mais, d'autre part, c'est une conduite spécifique, qui atteint une victime particulière, au nom d'une idéologie particulière, résultat d'une histoire commune avec l'agresseur.

Ces deux mouvements me paraissent à ce point inséparables et complémentaires qu'il est impossible de comprendre l'un sans l'autre.

Qu'est-ce que le racisme[1] *?*

Il n'est pas aisé de donner du racisme une définition qui fasse l'unanimité. C'est pour le moins étonnant à propos d'un sujet abordé tant de fois et de tant de manières. On comprend les raisons de cette difficulté lorsqu'on s'avise que la base du racisme, c'est-à-dire le concept de race pure appliqué aux hommes, est mal défini et qu'il est pratiquement impossible de lui découvrir un objet bien délimité. D'autre part, le racisme n'est pas une *théorie* scientifique, mais un ensemble d'opinions, peu cohérentes par surcroît. De plus, ces opinions, loin de découler de constats objectifs, extérieurs à celui qui les exprime, sont la justification d'attitudes et d'actes, eux-mêmes motivés par la peur d'autrui et le désir de l'agresser, afin de se rassurer et de s'affirmer à son détriment. Enfin, le racisme apparaît comme le cas particulier d'une conduite plus générale : l'utilisation de différences

---

[1]. Article « Racisme » qui m'a été commandé en 1972 par l'*Encyclopaedia universalis* (p. 915-916). J'en reproduis ici le texte, enrichi de quelques notes, parce qu'il résume également, d'une autre manière, le propos du livre.

biologiques, mais qui pourraient être psychologiques ou culturelles, réelles ou imaginaires. Il y a donc une *fonction* du racisme, ce qui fait douter de la possibilité de sa totale éradication. Il résulte en tout cas de tout cela que *le racisme est la valorisation, généralisée et définitive, de différences biologiques, réelles ou imaginaires, au profit de l'accusateur et au détriment de sa victime, afin de justifier une agression.* Le texte suivant commente et justifie cette définition.

Repères historiques

Le mot « race » est d'un emploi relativement récent dans la langue française. Il date du XVe siècle et vient du latin *ratio*[1], qui signifie, entre autres, « ordre chronologique » ; ce sens logique persiste dans l'acception biologique qui s'impose par la suite : la race est alors comprise comme un ensemble de traits biologiques et psychologiques qui relient ascendants et descendants dans une même lignée. Terme d'élevage, il n'est d'ailleurs appliqué à l'homme qu'à partir du XVIIe siècle.

Le racisme comme doctrine est plus récent encore. Au XVIe siècle, les Espagnols opposent la « mission civilisatrice » de l'Espagne en Amérique à l'« infériorité naturelle » et même à la « perversité » des Indiens. Ils se croient autorisés à en déduire la légitimité de la conquête et de l'établissement européens. Ainsi, l'ef-

---

[1]. Tel n'est pas l'avis, toutefois, de l'excellent *Dictionnaire* de Bescherelle, pour qui race viendrait non de *ratio* (ordre chronologique) mais de *radix* qui signifie lignée, racine, qui appartient à la même famille. L'usage semble avoir amalgamé les deux significations dans le même terme.

fort systématique pour justifier l'agression et la domination sur un groupe, présenté comme biologiquement inférieur, par un autre groupe, jugé supérieur, date des débuts de la colonisation. On notera aussi que l'indigène n'est pas seulement tenu pour inférieur, ce qui ne serait pas de sa faute, mais qu'il est « pervers », donc moralement blâmable, méritant sanction ou au moins correction ; c'est ce qui légitime la « mission » du Blanc.

La traite des Noirs, dont l'acmé se situe au XVIIe siècle, est en évidente corrélation avec les premières argumentations du racisme biologique, dont se moque spirituellement Montesquieu. Certes, on trouve chez tel ou tel auteur ancien des affirmations racistes et même les premiers éléments d'une argumentation. Aristote, qui fut partisan d'un ordre social basé sur l'esclavage, a tenté de le légitimer par l'infériorité naturelle des Barbares, ce qui les destinait à servir d'esclaves aux Grecs. Mais il s'agit là de remarques isolées et souvent démenties par la pratique. La stigmatisation biologique, lorsqu'elle n'était pas absente, n'avait qu'un rôle très secondaire.

L'antisémitisme est certes ancien, mais là encore il s'agit essentiellement d'une affaire religieuse, ethnique ou nationale. L'antisémitisme, comme doctrine raciale, naît bien plus tard, avec la libération sociale relative des Juifs, donc avec la concurrence économique.

Il faut attendre les temps modernes pour qu'apparaisse l'explication systématique et pseudo-scientifique des racistes contemporains. C'est probablement que la science paraît dorénavant seule digne de fournir une garantie indiscutable au sérieux d'une thèse. L'un des initiateurs du racisme, Gobineau (1816-1882), se fonde sur l'anatomie comparée du cerveau pour affirmer que celui du Huron ne saurait contenir, même en germe, un esprit semblable à celui de l'Européen. Il n'est pas le seul à penser ainsi ; d'excellents esprits ne sont pas loin de partager de telles opinions à la même époque, ou quelque temps avant : ainsi, paradoxalement, ce sont les travaux de Linné (1707-1778) et de Buffon (1707-1788), lesquels ne sont d'ailleurs pas exempts de préjugés, qui préparent la voie au racisme prétendument scientifique ; on s'appuie aussi sur l'autorité de Darwin. Et, à la fin du XIXe siècle, l'Europe cultivée est convaincue que le genre humain se partage en races supérieures et en races inférieures (voir, par exemple, Renan et l'anthropologue Broca)[1].

Cet ensemble de notions, plus ou moins clairement affirmées, connut en tout cas une extraordinaire postérité ; en France, Gobineau, qui n'était pas exactement antisémite, eut une descendance violemment antijuive. C'est surtout en Allemagne que ses idées, conjuguées avec une tradition antisémite (ainsi H. S. Chamberlain, 1855-1927), eurent le plus d'influence ; elles conduisirent aux génocides, camps de concentration et déportation de populations entières. En Italie, le fascisme chercha à légitimer l'hégémonie italienne sur d'autres peuples décidés inférieurs. Dans les pays

---

[1]. On en a conclu, bien rapidement et d'une manière partisane, que le racisme trouve son origine dans le Siècle des Lumières. Si les progrès de la science biologique pouvaient en effet être utilisés par les racistes, les philosophes français et anglais de l'époque furent dans leur ensemble les initiateurs de la liberté de pensée et de la justice sociale ; ce sont les révolutionnaires français qui, malgré les hésitations de certains d'entre eux, abolirent l'esclavage, que le Vatican par exemple ne condamna qu'en 1889.

slaves, des mouvements panslavistes recherchèrent dans la littérature, les mœurs et la langue, les preuves d'une supériorité qui les conduisit à approuver ou même à susciter de sanglants pogromes. Les pays anglo-saxons n'échappèrent pas à la contagion ; à la suite des recherches de l'Anglais Galton (1812-1911) sur l'eugénisme, des savants anglo-saxons se réunirent au début du siècle à Londres pour définir les moyens de lutte contre la prolifération des autres races, qui pourrait mettre en danger la race blanche. Aux Etats-Unis, on a essayé de promouvoir une véritable « croisade ethnologique ». L'Afrique du Sud a fait de l'apartheid le fondement de ses institutions.

Le rapprochement de ces diverses doctrines sociales fait apparaître une constante, par-delà les spécificités et les circonstances locales : au nom d'une supériorité biologique, un groupe humain cherche à s'affirmer contre d'autres et se croit autorisé pour cela à utiliser tous les moyens possibles, y compris la violence et le meurtre.

Opinions, attitudes et conduites

Pour affirmer les supériorités raciales, il faut supposer l'existence de races humaines ; le raciste sous-entend ou pose clairement qu'il existe des races pures, que celles-ci sont supérieures aux autres, enfin que cette supériorité autorise une hégémonie politique et historique. Or, ces trois points soulèvent des objections considérables.

D'abord, la quasi-totalité des groupes humains actuels sont le produit de métissages, de sorte qu'il est pratiquement impossible de caractériser des « races pures ». Il est déjà très difficile de classer les groupes humains selon des critères biologiques toujours imprécis. Enfin, la constante évolution de l'espèce humaine et le caractère toujours provisoire des groupes humains rendent illusoire toute définition de la race fondée sur des données ethniques stables.

Bref, *l'application du concept de pureté biologique aux groupes humains est inadéquate.* Ce concept est un terme d'élevage, où la race, prétendument pure, est d'ailleurs obtenue par des métissages contrôlés. Quand on l'applique à l'homme, on confond souvent groupe biologique et groupe linguistique ou national ; ainsi en est-il de la notion d'homme aryen, dont se sont servis Gobineau et ses disciples nazis. Il n'est pas impossible enfin que cette notion contienne implicitement la référence à un phantasme de la pureté.

De toute manière, en supposant qu'une telle pureté existe, pourquoi relier pureté biologique et supériorité et en quoi consisterait cette dernière ? Si, par hypothèse encore, des supériorités biologiques existent, en liaison avec des traits ethniques, il n'est nullement démontré qu'elles conditionnent des supériorités psychologiques ou culturelles, sur lesquelles insiste quelquefois le raciste.

En outre, en admettant que soient réelles de telles supériorités, provisoirement ou définitivement, liées ou non à une éventuelle pureté, pourquoi légitimeraient-elles une hégémonie politique et des avantages sociaux ?

Il est clair qu'on n'est pas en présence d'une conséquence scientifiquement établie mais d'un choix politique, d'un vœu ou d'une volonté d'établir une telle hégémonie, fallacieusement appuyée sur des arguments biologiques ou culturels.

Enfin, une dernière et insurmontable confusion se décèle dans le racisme : l'inadéquation entre groupes ethniques, groupes culturels, peuples et nations rend en tout cas illégitime un comportement politique qui se baserait sur des caractères ethniques ou culturels.

En conclusion, *le racisme n'est pas une théorie scientifique, mais une pseudo-théorie*, un ensemble d'opinions, sans articulations logiques certaines avec des données biologiques plus ou moins vagues.

Les essais de légitimation

On comprend maintenant pourquoi une définition du racisme est si difficile. D'abord, le principe du racisme — la notion de race, appliquée aux humains est un concept indéterminé ou plus exactement une notion à laquelle il est pratiquement impossible de découvrir un objet défini. Ensuite, l'argumentation issue de cette notion douteuse est elle-même douteuse et, de plus, peu cohérente dans son développement.

Cependant, le rapprochement entre la fragilité des bases scientifiques du racisme et l'ampleur des conclusions qui en sont tirées n'est pas sans intérêt. La passion des racistes, la ténacité et l'extension du phénomène, comparées aux confusions, aux glissements de sens et aux contradictions auxquels elles donnent lieu, prouveraient, s'il en était besoin, que le racisme trouve son assise non dans la logique mais dans l'affectivité et l'intérêt. Il faut ici renverser la perspective : l'accusation renvoie à l'accusateur plus qu'à l'accusé ; le racisme, loin d'être une science ou une théorie scientifique, qui dicterait une attitude et une conduite, cherche au contraire à se légitimer par une construction intellectuelle, une **rationalisation**, qui se trouve ainsi alimentée et sous-tendue par les exigences psychologiques de ce même comportement.

Le raciste met l'accent sur une différence biologique, réelle ou supposée, à partir de laquelle il déduit une conduite qu'il veut légitime, et souvent, par extension, une politique et une philosophie sociale, quelquefois une métaphysique. Ainsi, la couleur et les traits physiques des Noirs, qui seraient le signe de leur infériorité biologique, autoriseraient les Blancs à les gouverner. Le Juif, caractérisé d'abord par une description biologique, devient un « être du mal », à la fois maudit et générateur des pires catastrophes pour les autres.

La différence, biologique ou autre, est seulement un point de départ, l'assise d'une construction qui la dépasse infiniment. Pour asseoir sa démonstration, le raciste fait flèche de tout bois : tantôt il s'appuie sur l'indice céphalique, qui serait le meilleur critère de l'état mental et spirituel du sujet ; tantôt il privilégie un détail psychologique du comportement individuel, qu'il étend ensuite à tout un groupe ; tantôt il croit déceler un trait collectif, qu'il attribue à tout individu du groupe. Même quand le trait est réel, il n'est pas forcément légitime de lui donner une telle extension, ni une telle signification ; dans tous les cas, la différence, qu'elle soit biologique, psychologique, culturelle ou sociale, est toujours *à l'avantage* du sujet raciste.

Une telle analyse conduit à mettre de nouveau en question le terme de racisme : il s'agit en effet ici d'un mécanisme beaucoup plus vaste et probablement plus profond qu'il ne semble. Si le mot *racisme* veut signifier une théorie des races humaines ne serait-il pas plus exact alors d'utiliser le terme de *raciologie* ? En outre, cette signification projetée n'est presque jamais seule concernée ; le racisme contient implicitement une condamnation et un refus d'individus ou de groupes tenus pour appartenir à une autre race ; s'il ne s'agit pas tant — ou pas seulement — de constater une différence biologique, mais d'agresser un peuple ou un groupe humain sous l'alibi de l'argument biologique, ne serait-il pas plus exact de parler d'*ethnophobie* ? Ce dernier terme s'offre pour désigner un phénomène humain largement répandu et dont le racisme ne serait qu'une variété, peut-être historiquement provisoire.

Motivations psychiques et sociales

Quoi qu'il en soit de l'extension du racisme, la généralité des conduites qu'il engendre, à travers de nombreux groupes sociaux et la ténacité des opinions et des attitudes qu'il suscite prouveraient déjà qu'elles répondent à des motivations similaires, individuelles et collectives, puisqu'il existe un racisme tant individuel que collectif. Autrement dit, il faut rechercher les *fonctions psychiques et sociales du racisme*.

L'agression contre autrui, en actes ou en paroles, a besoin d'être légitimée. Il semble possible de le faire pour deux raisons : la peur et l'intérêt.

La peur de l'Autre vient du fond des âges, de l'époque où il fallait vivre dans la méfiance, faute de quoi un Autre, plus fort ou plus rusé, pouvait vous enlever la proie ou la femme convoitée, vous condamner à la faim et à l'humiliation, ou même à la mort. L'Autre, c'est l'inconnu, duquel tout peut arriver, mais surtout le pire.

Le passage au racisme est clair : il faut se défendre contre cet Autre, étrange, étranger, ou mieux encore, prévenir ses attaques en attaquant avant lui. Et, si son existence est nocive, il doit être mauvais en lui-même et l'on est justifié à le haïr. Devant cette peur de l'Autre, le racisme explique et rassure, il excuse et légitime l'agression.

La conduite raciste se traduit en somme par deux mouvements complémentaires : refuser l'Autre et s'affirmer soi-même, qui aboutissent au même résultat : se fortifier contre l'Autre. Si l'on utilise le vocabulaire psychanalytique, on dira que le racisme permet d'affermir le moi, individuel et collectif. Ceci sera fait, fallacieusement sans doute, provisoirement peut-être, au prix d'une injustice certes, mais, en ce domaine, le besoin est tel que la morale s'incline et le mythe triomphe aisément.

Le même mécanisme existe, motivé cette fois par l'intérêt : agression, utilisation quasi mythique d'une différence (réelle ou imaginaire) biologique ou autre comme justification de cette agression.

Le racisme fut l'idéologie de la traite des Noirs et de la colonisation naissante. L'argument biologique fut utilisé pour la première fois systématiquement par les nobles espagnols dans leur lutte contre les Juifs convertis au christianisme et qui avaient gagné ainsi des droits égaux aux leurs ; une insurmontable différence de « sang » fut leur dernière trouvaille pour contester cette acquisition. Cette idée sera reprise par les nazis pour justifier l'expansion allemande. Le capitalisme naissant ayant besoin d'utiliser la main-d'œuvre ouvrière comme du bétail, il fallait bien qu'elle fût considérée comme tel. Le commerçant, le médecin ou l'avocat des sociétés libérales, qui a une conduite raciste ou antisémite, défend ses propres intérêts avec une telle argumentation contre des concurrents noirs ou juifs qui le gênent.

Il n'y a d'ailleurs pas de contradiction entre les deux motivations et elles sont très souvent mêlées. Pourquoi le citoyen suisse ou français actuel, de condition moyenne ou modeste, est-il si souvent raciste à l'égard des travailleurs étrangers qui viennent pourtant remplir un rôle indispensable à l'économie de son pays ? Parce qu'il a peur, ce citoyen est obscurément saisi d'angoisse devant tant d'hommes différents de lui, qui risquent d'ébranler les structures de l'édifice social auquel il est attaché. Il sait bien, par ailleurs que les travaux les plus pénibles, souvent mal payés, dotés d'avantages sociaux plus ou moins discutés, sont dorénavant le lot des immigrés. Par contrecoup, il lui faut légitimer ses privilèges, limités certes mais réels tout de même.

Une telle attitude explique les derniers caractères du racisme : *la tendance à la généralisation et le passage à l'absolu*. Cet individu accusé et condamné, ce groupe maudit doivent l'être définitivement. Quelle meilleure garantie de sécurité, en effet, qu'une infériorité sans appel ? Cet individu n'existe pas en tant que tel, il appartient à un groupe taré, dont il ne peut s'évader ; ce peuple dominé ne pourra plus jamais relever la tête ; ce groupe socialement asservi continuera de l'être éternellement, puisque sa constitution même l'y condamne.

On comprend également, à l'inverse, les diversifications de la démarche raciste. Si le racisme possède des fonctions de sécurisation et de diversion idéologique, ce mécanisme général donne lieu à des manifestations particulières suivant les circonstances et les groupes en présence.

Il est donc toujours fructueux de décrire les différentes situations racistes dans leurs spécificités. La manière concrète dont on traite les travailleurs noirs, à telle période, dans tel pays, n'est pas identique à celle dont on traite les travailleurs immigrés, turcs ou d'origine européenne. La guerre d'Algérie a lourdement pesé sur l'image des travailleurs algériens. Quant à l'antisémitisme, s'il est une variété du racisme, il possède cependant un objet spécifique.

Mais cette diversité concrète ne doit pas masquer la généralité du phénomène à travers le temps, l'espace et les sociétés. S'il est permis, par exemple, de lier un certain type de racisme au développement industriel et capitaliste et à la lutte des classes, il serait vain d'y ramener toutes les formes du racisme, quoique certaines s'en inspirent.

Si l'esprit humain a de telles tendances à être raciste, il y a des chances pour qu'un tel comportement se perpétue. Cependant, l'alibi fondé sur la différence biologique, sur le refus de l'Autre et sur l'agression n'ayant pas toujours existé, on peut supposer qu'il laissera place à un autre. La biologie a été un support longtemps commode des angoisses de l'humanité. L'universalisation et l'unification de la Terre, l'affirmation des peuples d'Afrique, d'Asie et d'Amérique rendront peut-être dérisoire de considérer autrui comme inférieur à cause de la couleur de sa peau ou de la forme de son nez, ou encore de certains traits de son caractère. Mais l'exclusion biologique n'a fait que remplacer l'exclusion théologique ; il n'est pas impossible qu'elle soit relayée à son tour par l'exclusion politique par exemple. Le mécanisme fondamental n'en aura pas disparu pour autant.

Comment lutter efficacement contre le racisme? L'indignation morale et la simple persuasion ne sauraient évidemment suffire; il faut tenir compte de ses racines, c'est-à-dire de la peur, de l'insécurité foncière et de l'avidité économique, qui sont dans l'homme les sources de sa tendance à l'agression et à la domination. Il faut lutter contre les agressions et les dominations, et les prévenir. C'est le racisme qui est naturel et l'antiracisme qui ne l'est pas : ce dernier ne peut être qu'une conquête, fruit d'une lutte longue et difficile, et toujours menacée, comme l'est tout acquis culturel.

Portrait mythique et situation du colonisé[1]

Tout comme la bourgeoisie propose une image du prolétaire, l'existence du colonisateur appelle et impose une image du colonisé. Alibis sans lesquels la conduite du colonisateur, et celle du bourgeois, leurs existences mêmes, sembleraient scandaleuses. Mais nous éventons la mystification, précisément parce qu'elle les arrange trop bien.

Soit, dans ce portrait-accusation, le trait de paresse. Il semble recueillir l'unanimité des colonisateurs, du Liberia au Laos, en passant par le Maghreb. Il est aisé de voir à quel point cette caractérisation est *commode*. Elle occupe bonne place dans la dialectique ennoblissement du colonisateur-abaissement du colonisé. En outre, elle est *économiquement fructueuse*.

Rien ne pourrait mieux légitimer le privilège du colonisateur que son travail; rien ne pourrait mieux justifier le dénuement du colonisé que son oisiveté. Le portrait mythique du colonisé comprendra donc une incroyable paresse. Celui du colonisateur, le goût

---

[1]. Extrait de *Portrait du colonisé* précédé de *Portrait du colonisateur, op. cit.*

vertueux de l'action. Du même coup, le colonisateur suggère que l'emploi du colonisé est peu rentable, ce qui autorise ces salaires invraisemblables.

Il peut sembler que la colonisation eût gagné à disposer d'un personnel émérite. Rien n'est moins certain. L'ouvrier qualifié, qui existe parmi les similicolonisateurs, réclame une paie trois ou quatre fois supérieure à celle du colonisé ; or il ne produit pas trois ou quatre fois plus, ni en quantité ni en qualité : *il est plus économique d'utiliser trois colonisés qu'un Européen.* Toute entreprise demande des spécialistes, certes, mais un minimum, que le colonisateur importe, ou recrute parmi les siens. Sans compter les égards, la protection légale, justement exigés par le travailleur européen. Au colonisé, on ne demande que ses bras, et il n'est que cela : en outre, ces bras sont si mal cotés, qu'on peut en louer trois ou quatre paires pour le prix d'une seule.

A l'écouter, d'ailleurs, on découvre que le colonisateur n'est pas tellement fâché de cette paresse, supposée ou réelle. Il en parle avec une complaisance amusée, il en plaisante ; il reprend toutes les expressions habituelles et les perfectionne, il en invente d'autres. Rien ne suffit à caractériser l'extraordinaire déficience du colonisé. Il en devient lyrique, d'un lyrisme négatif : le colonisé n'a pas un poil dans la main, mais une canne, un arbre, et quel arbre ! Un eucalyptus, un thuya, un chêne centenaire d'Amérique ! Un arbre ? Non, une forêt ! etc.

Mais, insistera-t-on, le colonisé est-il vraiment paresseux ? La question, à vrai dire, est mal posée. Outre qu'il faudrait définir un idéal de référence, une norme, variable d'un peuple à l'autre, peut-on accuser de paresse un peuple tout entier ? On peut en soupçonner des individus, même nombreux dans un même groupe ; se demander si leur rendement n'est pas médiocre ; si la sous-alimentation, les bas salaires, l'avenir bouché, une signification dérisoire de son rôle social ne désintéressent pas le colonisé de sa tâche. Ce qui est suspect, c'est que l'accusation ne vise pas seulement le manœuvre agricole ou l'habitant des bidonvilles, mais aussi le professeur, l'ingénieur ou le médecin qui fournissent les mêmes heures de travail que leurs collègues colonisateurs, enfin *tous* les individus du groupement colonisé. Ce qui est suspect, c'est *l'unanimité* de l'accusation et la *globalité* de son objet ; de sorte qu'aucun colonisé n'en est sauvé, et n'en pourrait jamais être sauvé. C'est-à-dire : *l'indépendance de l'accusation de toutes conditions sociologiques et historiques.*

En fait, il ne s'agit nullement d'une notation objective, donc différenciée, donc soumise à de probables transformations, mais d'une *institution* : par son accusation, le colonisateur institue le colonisé en être paresseux. Il décide que la paresse est *constitutive* de l'essence du colonisé. Cela posé, il devient évident que le colonisé, quelque fonction qu'il assume, quelque zèle qu'il y déploie, ne serait jamais autre que paresseux. Nous en revenons toujours au racisme, qui est bien une substantification, au profit de l'accusateur, d'un trait réel ou imaginaire de l'accusé.

Il est possible de reprendre la même analyse à propos de chacun des traits prêtés au colonisé.

Lorsque le colonisateur affirme, dans son langage, que le colonisé est un débile, il suggère par là que cette déficience appelle la protection. D'où, sans rire — je l'ai entendu souvent — la notion de protectorat. Il est dans l'intérêt même du colonisé qu'il soit exclu des fonctions de direction ; et que ces lourdes responsabilités soient réservées au colonisateur. Lorsque le colonisateur ajoute, pour ne pas verser dans la sollicitude, que le colonisé est un arriéré pervers, aux instincts mauvais, voleur, un peu sadique, il légitime ainsi sa police et sa juste sévérité. Il faut bien se défendre contre les dangereuses sottises d'un irresponsable ; et aussi, souci méritoire, le défendre contre lui-même ! De même pour l'absence de besoins du colonisé, son inaptitude au confort, à la technique, au progrès, son étonnante familiarité avec la misère : pourquoi le colonisateur se préoccuperait-il de ce qui n'inquiète guère l'intéressé ? Ce serait, ajoute-t-il avec une sombre et audacieuse philosophie, lui rendre un mauvais service que de l'obliger aux servitudes de la civilisation. Allons ! Rappelons-nous que la sagesse est orientale, acceptons, comme lui, la misère du colonisé. De même encore, pour la fameuse ingratitude du colonisé, sur laquelle ont insisté des auteurs dits sérieux : elle rappelle à la fois tout ce que le colonisé doit au colonisateur, que tous ces bienfaits sont perdus, et qu'il est vain de prétendre amender le colonisé.

Il est remarquable que ce tableau n'ait pas d'autre nécessité. Il est difficile, par exemple, d'accorder entre eux la plupart de ces traits, de procéder à leur *synthèse objective*. On ne voit guère pourquoi le colonisé serait à la fois mineur et méchant, paresseux et arriéré. Il aurait pu être mineur et bon, comme le bon sauvage du XVIIIe siècle, ou puéril et dur à la tâche, ou paresseux et rusé. Mieux encore, les traits prêtés au colonisé s'excluent l'un l'autre, sans que cela gêne son procureur. On le dépeint en même temps frugal, sobre, sans besoins étendus *et* avalant des quantités dégoûtantes de viande, de graisse, d'alcool, de n'importe quoi ; comme un lâche, qui a peur de souffrir, *et* comme une brute qui n'est arrêtée par aucune des inhibitions de la civilisation, etc. Preuve supplémentaire qu'il est inutile de chercher cette cohérence ailleurs que chez le colonisateur lui-même. A la base de toute la construction, enfin, on trouve une dynamique unique : celle des exigences économiques et affectives du colonisateur, qui lui tient lieu de logique, commande et explique chacun des traits qu'il prête au colonisé. En définitive, ils sont tous *avantageux* pour le colonisateur, même ceux qui, en première apparence, lui seraient dommageables [1].

La déshumanisation

Ce qu'est véritablement le colonisé importe peu au colonisateur. Loin de vouloir saisir le colonisé dans sa réalité, il est préoccupé de lui faire subir cette indispensable transformation. Et le mécanisme de ce repétrissage du colonisé est lui-même éclairant.

Il consiste d'abord en une série de négations. Le colonisé *n'est pas* ceci, *n'est pas* cela. Jamais il n'est considéré positivement ; ou s'il l'est, la qualité concédée relève d'un *manque* psychologique ou éthique.

---

[1]. Cette constellation de traits *contradictoires* se retrouve également dans l'antisémitisme. Voir A. Memmi, *Portrait d'un Juif, op. cit.* (Note de 1994.)

Portrait mythique et situation du colonisé 215

Ainsi pour l'hospitalité arabe, qui peut difficilement passer pour un trait négatif. Si l'on y prend garde on découvre que la louange est le fait de touristes, d'Européens de passage et rarement de colonisateurs, c'est-à-dire d'Européens installés en colonie. Aussitôt en place, l'Européen ne profite plus de cette hospitalité, arrête les échanges, contribue aux barrières. Rapidement il change de palette pour peindre le colonisé, qui devient jaloux, retiré sur soi, exclusif, fanatique. Que devient la fameuse hospitalité ? Puisqu'il ne peut la nier, le colonisateur en fait alors ressortir les ombres, et les conséquences désastreuses.

Elle provient de l'irresponsabilité, de la prodigalité du colonisé, qui n'a pas le sens de la prévision, de l'économie. Du notable au fellah, les fêtes sont belles et généreuses, en effet, mais voyons la suite ! Le colonisé se ruine, emprunte et finalement paye avec l'argent des autres ! Parle-t-on, au contraire, de la modestie de la vie du colonisé ? de la non moins fameuse absence de besoins ? Ce n'est pas davantage une preuve de sagesse, mais de stupidité. Comme si, enfin, tout trait reconnu ou inventé *devait* être l'indice d'une négativité.

Ainsi s'effritent, l'une après l'autre, toutes les qualités qui font du colonisé un homme. Et l'humanité du colonisé, refusée par le colonisateur, lui devient en effet opaque. Il est vain, prétend-il, de chercher à *prévoir* les conduites du colonisé (« Ils sont imprévisibles ! », « Avec eux, on ne sait jamais ! »). Une étrange et inquiétante impulsivité lui semble commander le colonisé. Il faut que le colonisé soit bien étrange, en vérité, pour qu'il demeure si mystérieux après tant d'années de cohabitation... ou il faut penser que le colonisateur a de fortes raisons de tenir à cette illisibilité.

Autre signe de cette dépersonnalisation du colonisé : ce que l'on pourrait appeler *la marque du pluriel*. Le colonisé n'est jamais caractérisé d'une manière différentielle ; il n'a droit qu'à la noyade dans le collectif anonyme (« *Ils* sont ceci... *ils* sont tous les mêmes »). Si la domestique colonisée ne vient pas un matin, le colonisateur ne dira pas qu'*elle* est malade, ou qu'*elle* triche, ou qu'*elle* est tentée de ne pas respecter un contrat abusif. (Sept jours sur sept ; les domestiques colonisés bénéficiant rarement du congé hebdomadaire, accordé aux autres.) Il affirmera qu'on « ne peut pas compter sur *eux* ». Ce n'est pas une clause de style. Il refuse d'envisager les événements personnels, particuliers, de la vie de sa domestique ; cette vie dans sa spécificité ne l'intéresse pas, sa domestique n'existe pas comme *individu*.

Enfin le colonisateur dénie au colonisé le droit le plus précieux reconnu à la majorité des hommes : la liberté. Les conditions de vie, faites au colonisé par la colonisation, n'en tiennent aucun compte, ne la supposent même pas. Le colonisé ne dispose d'aucune issue pour quitter son état de malheur : ni d'une issue juridique (la naturalisation) ni d'une issue mystique (la conversion religieuse)[1] : le colonisé n'est pas libre de se choisir colonisé ou non colonisé.

Que peut-il lui rester au terme de cet effort obstiné de dénaturation ? Il n'est sûrement plus un *alter ego*

---

1. Il est juste d'ajouter que les élites politiques et culturelles du colonisé considèrent généralement l'une et l'autre comme des trahisons. (Note de 1994.)

du colonisateur. C'est à peine encore un être humain. Il tend rapidement vers l'objet. A la limite, ambition suprême du colonisateur, il devrait *ne plus exister qu'en fonction des besoins du colonisateur, c'est-à-dire s'être transformé en colonisé pur.*

On voit l'extraordinaire efficacité de cette opération. Quel devoir sérieux a-t-on envers un animal ou une chose, à quoi ressemble de plus en plus le colonisé ? On comprend alors que le colonisateur puisse se permettre des attitudes, des jugements tellement scandaleux. Un colonisé conduisant une voiture est un spectacle auquel le colonisateur refuse de s'habituer ; il lui dénie toute normalité, comme pour une pantomime simiesque. Un accident, même grave, qui atteint le colonisé, fait presque rire. Une mitraillade dans une foule colonisée lui fait hausser les épaules. D'ailleurs, une mère indigène pleurant la mort de son fils, une femme indigène pleurant son mari, ne lui rappellent que vaguement la douleur d'une mère ou d'une épouse. Ces cris désordonnés, ces gestes insolites, suffiraient à refroidir sa compassion, si elle venait à naître. Dernièrement, un auteur nous racontait avec drôlerie comment, à l'instar du gibier, on rabattait vers de grandes cages les indigènes révoltés. Que l'on ait imaginé puis osé construire ces cages, et peut-être plus encore, que l'on ait laissé les reporters photographier les prises, prouve bien que, dans l'esprit de ses organisateurs, le spectacle n'avait plus rien d'humain.

La mystification

Ce désir destructeur du colonisé étant né des exigences du colonisateur, il n'est pas étonnant qu'il y réponde si bien, qu'il semble confirmer et justifier la conduite du colonisateur. Plus remarquable, plus nocif peut-être, est l'écho qu'il suscite chez le colonisé lui-même.

Confronté en constance avec cette image de lui-même, proposée, imposée dans les institutions comme dans tout contact humain, comment n'y réagirait-il ? Elle ne peut lui demeurer indifférente et plaquée sur lui de l'extérieur comme une insulte qui vole avec le vent. Il finit par la reconnaître, tel un sobriquet détesté mais devenu un signal familier. L'accusation le trouble, l'inquiète d'autant plus qu'il admire et craint son puissant accusateur. N'a-t-il pas un peu raison, murmure-t-il ? Ne sommes-nous pas tout de même un peu coupables ? Paresseux, puisque nous avons tant d'oisifs ? Timorés, puisque nous nous laissons opprimer. Souhaité, répandu par le colonisateur, ce portrait mythique et dégradant finit, dans une certaine mesure, par être accepté et vécu par le colonisé. Il gagne ainsi une certaine réalité et *contribue au portrait réel du colonisé.*

Ce mécanisme n'est pas inconnu : c'est une mystification. L'idéologie d'une classe dirigeante, on le sait, se fait adopter dans une large mesure par les classes dirigées. Or toute idéologie de combat comprend, partie intégrante d'elle-même, une conception de l'adversaire. En consentant à cette idéologie, les classes dominées confirment, d'une certaine manière, le rôle qu'on leur a assigné. Ce qui explique, entre autres, la relative stabilité des sociétés ; l'oppression y est, bon gré mal gré, tolérée par les opprimés eux-mêmes. Dans la relation coloniale, la domination s'exerce de peuple à peuple, mais le schéma reste le

Portrait mythique et situation du colonisé 219

même. La caractérisation et le rôle du colonisé occupent une place de choix dans l'idéologie colonisatrice ; caractérisation infidèle au réel, incohérente en elle-même, mais nécessaire et cohérente à l'intérieur de cette idéologie. Et à laquelle le colonisé donne son assentiment troublé, partiel, mais indéniable.

Voilà la seule parcelle de vérité dans ces notions à la mode : complexe de dépendance, colonisabilité, etc. Il existe, assurément — à un point de son évolution — une certaine adhésion du colonisé à la colonisation. Mais cette adhésion est le résultat de la colonisation et non sa cause ; elle naît *après* et non avant l'occupation coloniale. Pour que le colonisateur soit complètement le maître, il ne suffit pas qu'il le soit objectivement, il faut encore qu'il croie à sa légitimité ; et, pour que cette légitimité soit entière, il ne suffit pas que le colonisé soit objectivement esclave, il est nécessaire qu'il s'accepte tel. En somme le colonisateur doit être reconnu par le colonisé. Le lien entre le colonisateur et le colonisé est ainsi destructeur et créateur. Il détruit et recrée les deux partenaires de la colonisation en colonisateur et colonisé : l'un est défiguré en oppresseur, en être partiel, incivique, tricheur, préoccupé uniquement de ses privilèges, de leur défense à tout prix ; l'autre en opprimé, brisé dans son développement, composant avec son écrasement.

De même que le colonisateur est tenté de s'accepter comme colonisateur, le colonisé est obligé, pour vivre, de s'accepter comme colonisé.

Il aurait été trop beau que ce portrait mythique restât un pur phantasme, un regard lancé sur le colonisé, qui n'aurait fait qu'adoucir la mauvaise conscience du colonisateur. Poussé par les mêmes exigences qui l'ont suscité, il ne peut manquer de se traduire en conduites effectives, en comportements agissants et constituants[1].

Puisque le colonisé est présumé voleur, il faut se garder *effectivement* contre lui ; suspect par définition, pourquoi ne serait-il pas coupable ? Du linge a été dérobé (incident fréquent dans ces pays de soleil, où le linge sèche en plein vent et nargue ceux qui sont nus). Quel doit être le coupable sinon le premier colonisé signalé dans les parages ? Et puisque c'est peut-être lui, on va chez lui et on *l'emmène* au poste de police[2].

« La belle injustice, rétorque le colonisateur ! Une fois sur deux, on tombe juste. Et de toute manière, le voleur est un colonisé ; si on ne le trouve pas dans le premier gourbi, il est dans le second. »

Ce qui est exact : le voleur (j'entends le petit) se recrute en effet parmi les pauvres et les pauvres parmi les colonisés. Mais s'ensuit-il que tout colonisé soit un voleur possible et doive être traité comme tel ?

Ces conduites, communes à l'ensemble des colonisateurs, s'adressant à l'ensemble des colonisés, vont donc s'exprimer en institutions. Autrement dit, elles définissent et imposent des situations objectives, qui cernent le colonisé, pèsent sur lui, jusqu'à infléchir sa conduite et à imprimer des rides à son visage. En gros, ces situations seront des *situations de carences*. A l'agression idéologique qui tend à le déshumaniser, puis à le mystifier, correspondent en somme des *situations*

---

1. Mêmes mécanismes dans l'autisémitisme.
2. Idem pour les Gitans, qui campent aux portes de la cité. (Notes de 1994.)

concrètes qui visent au même résultat. Etre mystifié c'est déjà, peu ou prou, avaliser le mythe et y conformer sa conduite, c'est-à-dire en être agi. Or ce mythe-là est, de plus, solidement étayé sur une organisation bien réelle, une administration et une juridiction; alimenté, renouvelé par les exigences historiques, économiques et culturelles du colonisateur. Serait-il insensible à la calomnie et au mépris, hausserait-il les épaules devant l'insulte ou la bousculade, comment le colonisé échapperait-il aux bas salaires, à l'agonie de sa culture, à la loi qui le régit de sa naissance à sa mort ?

De même qu'il ne peut échapper à la mystification colonisatrice, il ne saurait se soustraire à ces situations concrètes, génératrices de carences. Dans une certaine mesure, le portrait réel du colonisé est fonction de cette conjonction. Renversant une formule précédente, on peut dire que *la colonisation fabrique des colonisés, comme nous avons vu qu'elle fabriquait des colonisateurs.*

Le privilège est relatif[1]

Certes, tous les Européens des colonies ne sont pas des potentats, ne jouissent pas de milliers d'hectares et ne dirigent pas des administrations. Beaucoup sont eux-mêmes victimes des maîtres de la colonisation. Peut-on parler de privilèges au sujet de cheminots, de moyens fonctionnaires, de petits cultivateurs qui calculent pour vivre aussi bien que leurs homologues européens ? Ils sont économiquement exploités, politiquement utilisés, en vue de défendre des intérêts qui ne coïncident pas souvent avec les leurs. Mais les relations sociales ne sont presque jamais univoques. Contrairement à tout ce que l'on préfère en croire, aux vœux pieux comme aux assurances intéressées, le petit colonisateur est, de fait, généralement solidaire des colons et défenseur acharné des privilèges coloniaux. Pourquoi ?

Solidarité du semblable avec le semblable ? Réaction de défense, expression anxieuse d'une minorité

---

1. Cet extrait de *Portrait du colonisé, op. cit.*, a été choisi pour illustrer le « racisme du démuni », fondé sur des privilèges dérisoires.

vivant au milieu d'une majorité hostile ? En partie. Mais aux beaux moments de la colonisation, protégés par la police et l'armée, une aviation toujours prête à intervenir, les Européens des colonies n'avaient pas peur, pas assez en tout cas pour expliquer une telle unanimité. Mystification ? Davantage, certes. Il est exact que le petit colonisateur aurait lui-même un combat à mener, une libération à effectuer ; s'il n'était si gravement dupé par les siens, et aveuglé par l'histoire. Mais je ne crois pas qu'une mystification puisse reposer sur une complète illusion, puisse gouverner totalement le comportement humain. Si le petit colonisateur défend le système colonial avec tant d'âpreté, c'est qu'il en est peu ou prou bénéficiaire. La mystification réside en ceci que, pour défendre ses intérêts très limités, il en défend d'autres infiniment plus importants, et dont il est par ailleurs la victime. Mais, dupe et victime, il y trouve aussi son compte.

C'est que *le privilège est affaire relative* : plus ou moins, mais tout colonisateur est privilégié, car il l'est *comparativement*, et au détriment du colonisé. Si les privilèges des puissants de la colonisation sont éclatants, les menus privilèges du petit colonisateur, même le plus petit, sont très nombreux. Chaque geste de sa vie quotidienne le met en relation avec le colonisé et à chaque geste il bénéficie d'une avance reconnue. Se trouve-t-il en difficulté avec les lois ? La police et même la justice lui seront plus clémentes. A-t-il besoin des services de l'administration ? Elle lui sera moins tracassière, lui abrégera les formalités, lui réservera un guichet, où les postulants étant moins nombreux, l'attente sera moins longue. Cherche-t-il un emploi ? Lui faut-il passer un concours ? Des places, des postes lui seront d'avance réservés ; les épreuves se passeront dans sa langue, occasionnant des difficultés éliminatoires au colonisé. Est-il donc si aveugle, qu'il ne puisse jamais voir qu'à conditions objectives égales, classe économique, mérite égaux, il est toujours avantagé ? Comment ne tournerait-il pas la tête, de temps en temps, pour apercevoir tous les colonisés, quelquefois anciens condisciples ou confrères, qu'il a si largement distancés.

Enfin, ne demanderait-il rien, n'aurait-il besoin de rien, il lui suffit de paraître pour que s'attache à sa personne le préjugé favorable de tous ceux qui comptent dans la colonie ; et même de ceux qui ne comptent pas, car il bénéficie du préjugé favorable, du respect du colonisé lui-même, qui lui accorde plus qu'aux meilleurs des siens ; qui, par exemple, a davantage confiance en sa parole qu'en celle des siens. C'est qu'il possède, de naissance, une qualité indépendante de ses mérites personnels, de sa classe objective : il est membre du groupe des colonisateurs, dont les valeurs règnent et dont il participe. Le pays est rythmé par ses fêtes traditionnelles, même religieuses, et non sur celles de l'habitant ; le congé hebdomadaire est celui de son pays d'origine, c'est le drapeau de sa nation qui flotte sur les monuments, c'est sa langue maternelle qui permet les communications sociales ; même son costume, son accent, ses manières finissent par l'imposer à l'imitation du colonisé. Le colonisateur participe d'un monde supérieur, dont il ne peut que recueillir automatiquement les privilèges.

Et c'est encore leur situation concrète, économique, psychologique, dans le complexe colonial, par rapport aux colonisés d'une part, aux colonisateurs d'autre part, qui rendra compte de la physionomie des autres groupes humains ; ceux qui ne sont ni colonisateurs ni colonisés. Les nationaux des autres puissances (Italiens, Maltais de Tunisie), les candidats à l'assimilation (la majorité des Juifs), les assimilés le fraîche date (Corses en Tunisie, Espagnols en Algérie). On peut y ajouter les agents de l'autorité recrutés parmi les colonisés eux-mêmes.

La pauvreté des Italiens ou des Maltais est telle qu'il peut sembler risible de parler à leur sujet de privilèges. Pourtant, s'ils sont souvent misérables, les petites miettes qu'on leur accorde sans y penser, contribuent à les différencier, à les séparer sérieusement des colonisés. Plus ou moins avantagés par rapport aux masses colonisées, ils ont tendance à établir avec elles des relations du style colonisateur-colonisé. En même temps, ne coïncidant pas avec le groupement colonisateur, n'en ayant pas le même rôle dans le complexe colonial, ils s'en distinguent chacun à leur manière.

Toutes ces nuances sont aisément lisibles dans l'analyse de leurs relations avec le fait colonial. Si les Italiens de Tunisie ont toujours envié aux Français leurs privilèges juridiques et administratifs, ils sont tout de même en meilleure posture que les colonisés. Ils sont protégés par des lois internationales et un consulat fort présent, sous le constant regard d'une métropole attentive. Souvent, loin d'être refusés par le colonisateur, ce sont eux qui hésitent entre l'assimilation et la fidélité à leur patrie. Enfin, une même origine européenne, une religion commune, une majorité de traits de mœurs identiques les rapprochent sentimentalement du colonisateur. Il résulte de tout cela des avantages certains, que ne possède certes pas le colonisé : une embauche plus aisée, une insécurité moins grande contre la totale misère et la maladie, une scolarisation moins précaire ; quelques égards enfin de la part du colonisateur, une dignité à peu près respectée. On comprendra que, pour déshérités qu'ils soient dans l'absolu, ils auront vis-à-vis du colonisé plusieurs conduites communes avec le colonisateur.

Contre-épreuve : ne bénéficiant de la colonisation que par emprunt, par leur cousinage avec le colonisateur, les Italiens sont bien moins éloignés des colonisés que ne le sont les Français. Ils n'ont pas avec eux ces relations guindées, formelles, ce ton qui sent toujours le maître s'adressant à l'esclave, dont ne peut se débarrasser tout à fait le Français. Contrairement aux Français, les Italiens parlent souvent la langue des colonisés, contractent avec eux des amitiés durables et même, signe particulièrement révélateur, des mariages mixtes. En somme, n'y trouvant pas grand intérêt, les Italiens ne maintiennent pas une aussi grande distance entre eux et les colonisés. La même analyse serait valable, à quelques nuances près, pour les Maltais.

La situation des israélites — éternels candidats hésitants et refusés à l'assimilation — peut être envisagée dans une perspective similaire. Leur ambition constante, et combien justifiée, est d'échapper à leur condition de colonisé, charge supplémentaire dans un bilan déjà lourd. Pour cela, ils s'efforcent de ressembler au colonisateur, dans l'espoir avoué qu'il cesse de les reconnaître différents de lui. D'où leurs efforts pour oublier le passé, pour changer d'habitudes collectives, leur adoption enthousiaste de la langue, de la culture et des mœurs occidentales. Mais si le

Le privilège est relatif 227

colonisateur ne décourage pas toujours ouvertement ces candidats à la ressemblance, il ne leur a jamais permis non plus de la réussir. Ils vivent ainsi une pénible et constante ambiguïté ; refusés par le colonisateur, ils partagent en partie la situation concrète du colonisé, ont avec lui des solidarités de fait ; par ailleurs, ils refusent les valeurs de colonisé comme appartenant à un monde déchu, auquel ils espèrent échapper avec le temps.

Les assimilés de fraîche date se situent généralement bien au-delà du colonisateur moyen. Ils pratiquent une surenchère colonisatrice ; étalent un mépris orgueilleux du colonisé et rappellent avec insistance leur noblesse d'emprunt, que vient démentir souvent une brutalité roturière et leur avidité. Trop étonnés encore de leurs privilèges, ils les savourent et les défendent avec inquiétude et âpreté. Et lorsque la colonisation vient à être en péril ils lui fournissent ses défenseurs les plus dynamiques, ses troupes de choc, et quelquefois ses provocateurs.

Les agents de l'autorité, cadres, caïds, policiers, etc., recrutés parmi les colonisés, forment une catégorie de colonisés qui prétend échapper à sa condition politique et sociale. Mais choisissant de se mettre pour cela au service du colonisateur et de défendre exclusivement ses intérêts, ils finissent par en adopter l'idéologie, même à l'égard des leurs et d'eux-mêmes.

Tous enfin, plus ou moins mystifiés, plus ou moins bénéficiaires, abusés au point d'accepter l'injuste système (de le défendre ou de s'y résigner) qui pèse le plus lourdement sur le colonisé. Leur mépris peut n'être qu'une compensation à leur misère, comme l'antisémitisme européen est si souvent un dérivatif commode. Telle l'histoire de *la pyramide des tyranneaux* : chacun, socialement opprimé par un plus puissant que lui, trouve toujours un moins puissant pour se reposer sur lui, et se faire tyran à son tour. Quelle revanche et quelle fierté pour un petit menuisier non colonisé de cheminer côte à côte avec un manœuvre arabe portant sur la tête une planche et quelques clous ! Pour tous, il y a au moins cette profonde satisfaction d'être négativement mieux que le colonisé : ils ne sont jamais totalement confondus dans l'abjection où les refoule le fait colonial.

Racisme et hétérophobie[1]

Vous me demandez si l'on peut toujours parler de racisme quand il est question de l'exclusion des femmes, des homosexuels, des jeunes ou des handicapés, vous tombez bien : c'est une question que je me suis posée il y a plus de quinze ans. En vérité je voulais comprendre les mécanismes *généraux* du racisme, et pas seulement les décrire, d'une manière pittoresque, ou simplement m'indigner. D'où la *définition* à laquelle je suis arrivé. Je me suis aperçu que le racisme était lié à la domination ou à l'agression, et comme la domination est l'un de mes thèmes principaux, le racisme est vraiment au centre de ma réflexion.

La difficulté de votre question, le trouble actuel, vient d'abord d'une équivoque du mot *racisme* lui-même.

Le mot *racisme* veut signifier une « théorie » de l'exclusion nécessaire des races différentes donc inférieures parce que différentes de la « race » du raciste. Le sens courant, et étymologique, c'est bien le sens biologique. A strictement parler, on ne devrait pas

---

1. Article paru sous ce titre dans *Différences*, décembre 1981.

utiliser le mot racisme quand il est question d'autre chose que de races.

Or, on s'aperçoit de ceci : quand on interroge les gens, ils ne sont pas toujours préoccupés par le facteur biologique. Bien sûr, il existe des racistes conscients et organisés en quelque sorte, qui revendiquent ouvertement l'accusation biologique, ils soutiennent insolemment qu'il existe des peuples qui sont foncièrement mauvais, qui sont difformes, qui ont une odeur particulière, des mains crochues, etc. Mais beaucoup de personnes négligent le facteur biologique pour insister sur autre chose : les accusés seraient psychologiquement néfastes, économiquement dangereux, politiquement nocifs, quelquefois même métaphysiquement redoutables, et d'ailleurs punis pour cela ; les Juifs, par exemple, seraient sous le coup d'une malédiction divine, les Noirs auraient été écartés par l'Eternel des bienfaits de la civilisation. Voilà pourquoi « il est juste » qu'ils soient victimes du raciste. Alors va-t-on dire que ces accusateurs, au nom d'une prétendue psychologie, d'une prétendue économie, ne sont pas des racistes, simplement parce qu'ils accordent peu d'importance à la biologie ?

Voilà pourquoi j'ai cru nécessaire de proposer une définition qui tiendrait compte de *ces deux aspects du racisme* : un sens étroit, qui reposerait uniquement sur la biologie, sur la différence biologique et un sens large, qui engloberait toutes les différences, vraies ou fausses, psychologiques, politiques, économiques, etc. Avec cette exigence supplémentaires : sens étroit et sens large doivent tenir dans une même définition, puisque les mécanismes fondamentaux de *tous* les racismes sont identiques : c'est la définition que j'ai proposée à l'*Encyclopaedia universalis*, qui a bien voulu l'admettre et qui est devenue, en effet, d'usage courant.

Cette formulation prévoit les deux cas possibles : le racisme biologique, racial, et le racisme au sens large qui inclurait cette fois les femmes, les jeunes, les homosexuels, et les handicapés... et même les animaux, si vous voulez. Chaque fois que l'on veut agresser, opprimer quelqu'un, il est toujours possible de nous découvrir une différence importante avec lui, de la déclarer désastreuse à son détriment. C'est un peu comme une balance : on abaisse quelqu'un pour pouvoir s'élever par comparaison ; ainsi agissent souvent les hommes avec les femmes.

Cela dit et bien noté, je voudrais insister sur un point, même si cela doit vous heurter : si les différences sont effectivement la racine de toutes exclusions, cela ne signifie pas que les différences n'existent pas. Elles peuvent exister ou non. Le racisme n'est pas dans le constat d'une différence mais dans son utilisation contre quelqu'un. Du reste, dans le cas des femmes et des hommes, les différences biologiques existent. Personnellement je serais même très chagrin qu'elles soient escamotées. Par exemple : je regrette les vêtements unisexes, l'homogénéisation dans la taille et la longueur des cheveux et tout ce qui me priverait de la grande joie de la différence féminine. Mais c'est là une position exactement inverse à celle du raciste. Le racisme fait de la différence quelque chose de mauvais, moi j'en fais l'occasion possible d'une richesse... On ne peut tout de même pas dire qu'un Noir n'est pas reconnaissable biologiquement. Mais la couleur de la peau, ou des traits différents, n'ont jamais eu la moindre signification sur le quotient intellectuel ou la moralité de quelqu'un.

Croyez-vous que même les jeunes gens ne soient pas d'une certaine manière d'une autre catégorie biologique ? Maintenant que je suis un homme à mi-course, et même si je les aime beaucoup, je les trouve agités, bruyants et mêmes brutaux... mais je ne dirais pas que je leur suis supérieur, au contraire, hélas !

Deuxième remarque : la *différence fait peur*. Je lisais l'autre jour que le maire d'une petite ville balnéaire avait exprimé quelques réserves devant un séjour d'une colonie de handicapés sur la plage. On a crié au scandale. En tant qu'humanistes, nous n'avons pas le droit, même d'hésiter sur la présence des malades dans les lieux publics. Mais si nous voulons comprendre le mécanisme de l'exclusion, et espérer y remédier, nous devons tenir compte de ces angoisses devant les ratés de la nature, les séquelles des accidents de la route et de la maladie. La vérité est que l'on a peur de ce qu'on ne comprend pas, de l'inconnu, donc des différences... Je suppose que cela vient de l'histoire de l'espèce, l'inconnu peut être la source du danger.

Troisième remarque enfin : le difficile problème de l'hostilité et de l'agressivité : prenons le meilleur des cas, la relation érotique entre hommes et femmes. Même là, il y a hostilité, agressivité. Là encore, je pense qu'elle vient de la peur, elle est provoquée par une différence biologique. Cela dans les deux sens : car si les femmes ont peur des hommes (la jeune vierge a peur de la pénétration) l'inverse est également vrai, les hommes ont peur des femmes, notamment du sang, symbole de la mort.

J'ai oublié de vous parler des homosexuels. Les

mêmes schémas sont valables. Il ne suffit pas de clamer son indignation devant leur exclusion. Il faut l'expliquer. Il existe indéniablement un malaise chez les gens « normaux » qui provient d'un double désordre. Le désordre biologique est manifeste. La norme biologique est la copulation hétérosexuelle. Le législateur ne peut pas ne pas en tenir compte, même pour protéger les homosexuels. Il existe aussi un désordre sociologique : une société vivante est une société qui se reproduit, sinon elle est condamnée à disparaître. Les éléments homosexuels sont condamnés à rester sans descendance. Naturellement, cela ne veut pas dire qu'il faille les condamner et les exclure.

Au fond je ne respecte pas davantage les mythes et les tics de mes amis de gauche. (Voyez l'extraordinaire succès de ce que je m'obstine à croire fallacieux. Tout le bruit que l'on fait autour d'un retour à de prétendues « racines ». C'est vraiment un mythe emprunté à la droite, celle de Maurice Barrès, de Maurras. Je sais bien d'où vient le renouveau de ce mythe : ce sont les libérations nationales qui ont eu besoin, pour s'affirmer, d'insister sur leur passé. Mais si les opprimés ont quelques raisons, provisoirement, d'affirmer leur identité contre leurs dominants, la généralisation d'une telle entreprise me paraît dangereuse...)

Mais revenons à nos affaires ; oui, les gens différents suscitent de l'appréhension, donc de l'agressivité, il faut donc éduquer les gens là-dessus, leur apprendre à respecter les différences, les minorités et même à les aimer. Mais pour cela il faut comprendre cette appréhension. Il faut veiller à ce que cette appréhension ne se transforme pas en violence et en instrument d'oppression.

Pour résumer et pour revenir à votre question, j'ai proposé d'utiliser dorénavant deux mots au lieu d'un, on réservera le mot *racisme* essentiellement à l'exclusion biologique ; pour les autres différences, femmes homosexuels, handicapés, jeunes, etc., j'ai proposé le terme et le concept d'*hétérophobie* pour désigner une peur diffuse et agressive d'autrui[1]. C'est cette phobie qui se transforme en refus de l'autre et mène à l'agressivité.

C'est sur cette agressivité que se greffent tous les prétextes et les alibis : la concurrence socio-économique cherche à se légitimer par l'infériorité des commerçants juifs et maintenant des commerçants arabes, les petits épiciers ou les fournisseurs de pétrole.

Question pratique, enfin, comment lutter contre le racisme ?

Si les mécanismes sont communs à tous les racismes, alors il faut agir pour qu'il y ait une lutte commune en faveur de toutes les victimes.

Et dans la mesure où chaque racisme, ou plutôt chaque hétérophobie, est spécifique, il faudra organiser des actions spécifiques et ponctuelles. Bref, une vigilance générale et des attentions particulières.

---

[1]. Que je souhaite vivement voir adopter par les dictionnaires.

NOTES ET REPÈRES BIBLIOGRAPHIQUES

Page 12.

a. Sur l'utilisation doctrinale de la notion de race, voir quelques repères historiques à la fin de cet ouvrage, dans les Annexes, en particulier dans « Qu'est-ce que le racisme ? ».

D'une manière plus générale, les ouvrages de Léon Poliakov sur l'antisémitisme surtout restent irremplaçables : *Histoire de l'antisémitisme*, 4 vol., Calmann-Lévy, 1956-1977. Du même auteur, avec la collaboration de C. Delacampage et de P. Girard, *Le racisme*, Seghers, 1976.

b. Sur la distinction, nécessaire à la fois pour penser et pour agir, entre « le constat et le voeu », voir A. Memmi, *Juifs et Arabes*, Gallimard, 1974.

Page 20.

a. Albert Jacquard, « A la recherche d'un contenu pour le mot *race*, la réponse du généticien », in *Le racisme, mythes et science*, ouvrage collectif, éd. Complexe, 1981.

Page 24.

a. J'ai déjà décrit cet effet de « concentration culturelle », en particulier dans *Portrait d'un Juif*, Gallimard, 1962.

Page 27.

a. Voir par exemple les exposés, clairs et brillants, du professeur Jean Bernard.

Page 36.

a. Sartre l'avait noté pour l'antisémitisme ; c'est une « passion », c'est-à-dire qu'il est subi autant qu'agi (cf. ses *Réflexions sur la question juive*, Gallimard, 1954).

Page 38.

a. Racisme et société, ouvrage, collectif, Maspero, 1969, p. 322.
François de Fontette, *Le racisme*, P.U.F., 1975.
Maxime Rodinson, « Racisme, ethnisme, xénophobie », in *Dictionnaire du savoir moderne*.

Page 41.

a. Sur la perspective sociologique, voir l'excellent travail de Michel Wieviorka, *L'espace du racisme*, Le Seuil, 1991.

Page 59.

a. Les textes d'inspiration spécifiquement psychanalytique ne sont pas nombreux :
Rodolphe-Maurice Loewenstein, *Psychanalyse de l'antisémitisme*, Paris, 1950, demeure intéressant.
Jacques Hassoun, « Approches psychanalytiques du problème du racisme » in Colloque de Cerisy sur le racisme, 1975.
Albert Jacquard et J.-B. Pontalis, « Une tête qui ne revient pas », entretien in *Le Genre humain*, n° 11, 1984-1985.

Page 63.

a. Sur l'importance de l'idéologie dans le racisme, voir les travaux de Colette Guillaumin, en particulier *L'idéologie raciste : genèse et langage actuel*, Mouton, 1972.

Page 86.

a. Sur l'antisémitisme vu sous l'angle historique, outre les travaux de L. Poliakov, voir les multiples *Histoires du peuple juif* de Graëtz, Doubnov, Baron...
Sur la période romaine et les débuts du christianisme, Jules Isaac a dit l'essentiel dans *Jésus et Israël*, Calmann-Lévy, Paris, 1948, et *Genèse de l'antisémitisme*, Calmann-Lévy, 1956.

Notes et repères bibliographiques 237

Page 95.

a. Une enquête sur le terrain, auprès des antiracistes : Maucorps, Memmi et Held, *Les Français et le racisme*, Payot, Paris, 1965.

Page 105.

a. *La Nef*, numéro spécial sur le racisme, 1964, p. 41-47.

Page 137.

a. Sur la banalité du racisme : Christopher Browning, *Des hommes ordinaires*, éd. Les Belles Lettres, Paris, 1994.

Page 139.

a. A. Memmi, « Faut-il en parler », in *Evidences*, sept.-oct. 1961.
A la suite d'une émission de télévision consacrée au racisme, les réalisateurs m'ont confié le volumineux courrier des téléspectateurs pour en faire une analyse et en tirer un compte rendu à l'intention d'une revue.

Page 143.

a. L'essentiel de ces lignes se trouve déjà dans un texte écrit pour servir de base à la conclusion du livre *Les Français et le racisme*, que j'ai signé collectivement avec P.-H. Maucorps et J.-F. Held, aux éditions Payot, Paris, 1965.

Page 159.

a. Diderot, *Supplément au voyage de Bougainville*, Livre de Poche, Paris. Leçon enjouée de relativisme culturel ; à rappeler aux accusateurs des philosophes du XVIIIe siècle.

Page 165.

a. P.-A. Taguieff, *La force du préjugé. Essai sur le racisme et ses doubles*, Gallimard, collection Tel.
Ceux que cette polémique, à vrai dire assez rhétorique, intéresse pourront consulter les articles et les ouvrages de Paul

Yonnet. Cet auteur, agacé par les excès de certains antiracistes, finit par renvoyer dos à dos racisme et antiracisme. Le journal *Le Monde* a consacré une page à cette querelle, et aux éventuelles relations entre cette contestation de l'antiracisme et les manœuvres révisionnistes de la « nouvelle droite ».

À consulter également les numéros 13 et 14 (1993), consacrés au racisme, de la courageuse revue de Lyon *Le Croquant* (directeur : Michel Cornaton).

Page 171.

a. C'est Aimé Césaire qui a signalé, dans son fameux *Cahier d'un retour au pays natal* (éd. Présence africaine, 1971), cette correspondance entre la hiérarchie sociale et l'échelle des couleurs de la peau.

Page 176.

a. René Etiemble, *Le péché vraiment capital*, 1957, Gallimard, collection Les Essais.

Page 181.

a. A. Memmi, in *L'homme dominé*, Gallimard, 1968.

Ce texte, qui avait été primitivement rédigé pour la revue *La Nef* n° 19-20, 1964, fut reproduit dans l'édition Payot de *L'homme dominé*.

LISTE CHRONOLOGIQUE
DES TEXTES PRINCIPAUX DE L'AUTEUR
CONCERNANT LE RACISME

1953. *La statue de sel*, Gallimard, coll. Folio (1re édition Corréa 1953), voir chapitre 1-2, IIe partie, chapitre 2-2 — IIIe partie (les racismes en pays colonial).
1955. *Agar*, Buchet-Chastel (1re éd. Corréa) (les problèmes du mariage mixte).
1956. « Auto-démystification ; A propos de Bourgeoisie Noire » de Franklin Frazier, *Action*, Tunis, 21 mai 1956.
1956. « Petit bréviaire du racisme, » in *Afrique-Action*, 30 janvier 1956, à propos de Stetson Kennedy, Introd. à *L'Amérique raciste*.
1956. *Sous le soleil d'Afrique* (à propos de Schuyler Jones), in l'*Action-Tunis*, 6 février 1956.
1957. *Portrait du colonisé*, précédé du *Portrait du colonisateur* ; Payot (1re édition, Corréa, 1957).
1957. « Sociologie des rapports entre colonisateurs et colonisés », in *Cahiers intern. de sociologie*, 1957, 3e trimestre, p. 85-96.
1958. « Entretien avec A. Memmi, écrivain antiraciste » (avec Ralph Feigelman), in *Droit et Liberté*, mars 1958.
1961. « Fallait-il en parler » in *Evidences*, Paris, septembre-octobre 1961.
1962. *Portrait d'un Juif*, Gallimard (1re édition 1962) (voir en particulier sur l'antisémitisme).
1962. « Y a-t-il encore des ouvriers ? » in C. Peyre, *Une société anonyme*, Julliard, 1962 p. 7-16 (repris dans l'H.D.), le rejet des ouvriers.
1963. « Une révolte absolue », in J. Baldwin, *La prochaine fois*

le feu, Gallimard, 1963, p. 7-20 (repris dans l'H.D.), le réveil des Noirs américains.

1964. « Le racisme dans le monde, essai de définition », in *La Nef*, 1964, n° 19-20, p. 41-47 (repris in *Les Français et le racisme*, introd., Payot, 1965 et dans l'H.D.).

1964. *La double leçon de Freud*, in D. Bakan, *Freud et la tradition mystique juive*, Payot, Paris, 1964, p. 249-262 (repris sous le titre *La judéité de Freud*, dans l'H.D., Payot, 1973).

1965. « Les Français et le racisme », Payot (enquête questionnaire, en collabor. avec P. Maucorps et J.-F. Held).

1965. « Les chemins de la révolte », in Malcolm X., Martin Luther King, J. Baldwin, *Nous les nègres*, Maspero, Paris, p. 7-28 (repris dans l'H.D.).

1965. « Racisme et Oppression », in *Les Français et le racisme*, Payot, 1965, p. 277-286 (repris in l'H.D., P.B.P.).

1965. « Une sociologie de l'oppression », in *Croissance des jeunes nations*, mai 1965, p. 19-10.

1966. *La libération du Juif*, Petite Bibliothèque Payot, Paris (1re éd. Gallimard, 1966).

1966. *Le Français devant le racisme*, Comité des étudiants de M.R.Z.P., 12 janvier 1966.

1966. « Les Français sont-ils racistes ? », O.R.T.F., Opinions, 17 décembre 1966.

1967. « Franz Fanon et la notion de carence », in *Revue de sociologie*, Université libre de Bruxelles, p. 359-361, n° 2/3, 1967.

1967. « Le mécanisme du préjugé », France-Inter, 17 décembre 1967.

1968. « Les nouveaux esclaves », in A. Lauran, *Un Noir a quitté le fleuve*, Editions françaises réunies, Paris, 1958, p. 7-25 (repris dans *Hommes et migrations* n° 763, 15 mars 1969, p. 1-8 et dans l'H.D.), les travailleurs noirs en France.

1968. *L'homme dominé*, Petite Bibliothèque Payot, Paris, 227 p. (1re éd. Gallimard, Paris, 1968), racisme et oppressions diverses.

1970. « Lettre à M. Sally N'Dongo » président de l'Union des travailleurs sénégalais en France : dans le *livre des travailleurs africains en France*, Cahiers Libres 172-

Liste chronologique concernant le racisme 241

173, Paris, Maspero, 1970, p. 9-11, les travailleurs noirs en France.
1971. « Le racisme » ; entretien avec M. Lancelot, Europe 1.
1972. « Antiracisme et antisémitisme », Assises du judaïsme progressiste, 14 février 1972.
1972. « Racisme » dans *Encyclopaedia universalis*, 1972, p. 915-916, historique et définition.
1972. « Qu'est-ce que le racisme ? » conférence en anglais à l'Université de Seattle, Etat de Washington, publié in *Annales des Universités de Washington*.
1974. « Le train de la mort », R.T.F., télévision, vue d'ensemble des mécanismes du racisme à l'occasion d'un rappel des camps de la mort.
1974. « La femme est-elle colonisée ? », France-Culture, 19 février 1974.
1974. « Le racisme, faut-il en parler ? », France-Culture, 21 septembre 1974.
1974. *Juifs et Arabes*, Gallimard, Coll. Idées, Paris, 1974, 219 p.
1975. *Entretien* (avec R. Davies), Montréal, Québec, éd. L'Etincelle, 1975, 52 p.
1975. « Autopsie de l'antisémitisme », Amicale des anciens élèves et stagiaires de l'O.R.T.F., 25 janvier 1975.
1975. « Le mythe de l'âge d'or », entretien avec J.-F. Held in *Le Nouvel Observateur*, 10 février 1975, p. 81-82, les relations entre Juifs et Arabes.
1975. « La peur des autres », Le Figaro, 20 mai 1975, les phobies.
1976. « Les plaideurs de la différence » in *Les Nouvelles littéraires*, 19 février 1976, le problème de la différence.
1976. *La terre intérieure*, entretien avec V. Malka, Gallimard, Paris, 277 p.
1978. « Albert Memmi parle du racisme », entretien avec Nardo Zalko in *Nuevo Mundo*, Caracas, 11-18 août 1978.
1979. « Antisémitisme et crise », in *Droit et liberté*, mars 1979.
1979. « Le racisme est une pseudo-science », in *Droit et liberté*, mai 1979.
1980. « Quelle différence ? », entretien avec Martine Gozlan in

Différences, décembre 1980, les racines et la différence.
F.R.3, « Définition du racisme », 1ᵉʳ octobre 1980.

1981. « Racisme et hétérophobie (les femmes, les jeunes, les homosexuels, les handicapés) », in *Différences*, décembre 1981.
1982. *Le racisme*, Gallimard, Paris.
1982. « Psychosociologie du racisme », in *C.A.C.C.V.*, 28 janvier 1982.
1982. « Lettre ouverte à l'auteur, le racisme », émission du 23 mai 1982.
1982. « Le regard de l'autre », in *Réalités d'Israël*, du 4 au 10 novembre 1992.
1982. « Le droit d'être Autre », in *L'Education Hebdo*, 2 décembre 1982.
1982. « Différence, racisme et dominance », in *Pour*, n° 86, Privat. novembre-décembre 1982.
1983. « Société multiraciale, société multiculturelle », in *Informations sociales*, avril 1983.
1983. « Le racisme est une hétérophobie qui s'appuie sur l'argument biologique », in *D.D.V.*, avril 1983.
1983. « Racisme : des fantasmes " pas drôles mais vrais " », in *Libération*, 9 septembre 1983.
1983. « Hétérophobie et racismes », in *Le Courrier de L'Unesco*, novembre 1983.
1984. « Racisme et hétérophobie », Forum Conseil de l'Europe, janvier 1984, reproduit dans la revue *Sens*, octobre 1984.
1984. « Le fantasme des races supérieures », in *Autrement*, n° 57, p. 108-113, février 1984.
1984. « Les gens sont spontanément hétérophobes », in *Dernières nouvelles d'Alsace*, 25 février 1984.
1984. « Hétérophobie », in *Informations sociales*, n° 2.
1984. « Racisme et pédagogie de l'antiracisme », in *Migrants Formation*, juin 1984.
1985. « L'antiracisme : un combat toujours inachevé », in *Ouest-France*, 6 février 1985.
1985. « Racisme et sociologie », in *Droit de vivre*, mars 1985.
1985. *D'où vient le racisme*, film avec Mme Marquant, mai 1985.

Liste chronologique concernant le racisme 243

1985. « L'éducation pour abolir l'" hétérophobie ", in *Dernières nouvelles d'Alsace*, 18 mai 1985.
1985. « Apartheid : " Noir libre ou mort " » in *Le Matin*, 29 août 1985.
1985. « L'hétérophobie naturelle qui s'affirme devient du racisme », in *Actualité Droit de vivre*, août-septembre 1985.
1985. « Touche pas à mon métis », in *L'Enfant l'Homme*, septembre 1985.
1988. « Propos sur le racisme, sur la relation enseignant-enseigné, sur la prière sans la foi », in *Hommes et sociétés*, n° 28, 1er trimestre 1988.
1988. « La peur de l'autre », in *Le Monde*, 23 juin 1988.
1991. « Combattre le racisme par la laïcité », in *La Presse nouvelle*, n° 92, décembre 1991.
1992. « Le philosophe et le racisme », in *Hommes et sociétés*, n° 36-37, juin 1992.
1993. « Le racisme », in *A contre-courants*, éd. Le Nouvel Objet, 1993, p. 271.
1993. « Racisme, hétérophobie et droit des minorités », communication aux Nations unies, 4 août 1993.
1994. « La question du Sens », *Libération*, 14 mars 1994.

SOMMAIRE ANALYTIQUE
DES THÈMES TRAITÉS

Pour des raisons de commodité d'utilisation, ce sommaire analytique ne suit pas exactement l'ordre de l'ouvrage; en particulier, tout ce qui concerne les problèmes de définition a été placé au début.

On y trouvera deux séries de références : les premières renvoient aux thèmes du livre, les secondes aux textes antérieurs du même auteur.

Ces références seront désignées la première fois par les titres complets, les suivantes par une abréviation suivie de la formule O.C.

DÉFINITIONS

Qu'est-ce que le racisme?
  Le racisme, sens large et sens étroit, p. 107. Racisme et hétérophobie, p. 181. Article *Racisme* de *l'Encyclopaedia universalis*, Paris, 1972, p. 915-916.
Une définition commentée
  Essai de définition, L.R., p. 183. *L'homme dominé*, Petite Bibliothèque Payot, Paris, 1973, p. 210-222 (repris de *La Nef*, Paris, 1964, puis dans la 1re éd. de *L'homme dominé*, Gallimard, 1968).
Analyse de l'attitude raciste
  Les trois éléments de la démarche raciste. Portrait du colonisé, Petite Bibl. Payot, Paris, 1973, p. 100 à 104 (1re édition Corréa, Paris, 1957).

Sommaire analytique 245

Un résumé express
H.D., O.C., p. 221.

BANALITÉ, GÉNÉRALITÉ ET SPÉCIFICITÉ DU RACISME

Banalité et généralité
  Description du racisme, le racisme du démuni L.R., p. 119, H.D., O.C., p. 197-203.
Le racisme est multiforme
  Petit bréviaire du racisme, in *Afrique-Action*, Tunis, 30 janvier 1956.
Spécificités du racisme
  H.D., O.C., p. 222.

LE RACISME DES DOMINÉS

Le racisme du colonisé
  La pyramide des tyranneaux, P.C., O.C., p. 156-160.
Un racisme juif
  L.R., p. 91. *Juifs et Arabes*, Gallimard, coll. Idées, Paris, 1974, p. 131-133.
L'antisémitisme arabe
  L.R., p. 73, 89. *Le mythe de l'âge d'or*, in *Le Nouvel Observateur*, Paris, 10 février 1975.
Un antisémitisme socialiste
  J.A., O.C., p. 103-110. *Les Juifs et la révolution*, in *La libération du Juif*, Payot, 1972, p. 207-211 (1re éd. Gallimard, 1966).
Le refus des chrétiens
  L.J., O.C., p. 213-226.

LE VÉCU

Le racisme est une expérience vécue
  L.R., p. 38. *Portrait du colonisé*, O.C., p. 99-100.

Une expérience commune
  L.R., p. 46. *La statue de sel*, Gallimard, Folio, p. 107-117, 273-290, 349-351 (1ʳᵉ éd. Corréa, 1953).

RACISME ET SOCIÉTÉ

Une expérience socialisée
  H.D., p. 221-222, *La Nef*, O.C., L.R., p. 48.
La marque du pluriel
  P.C., O.C., p. 115.
La globalisation et la socialisation
  L.R., p. 123-124.

LA DIFFÉRENCE

Racisme et différence
  L.R., p. 55.
La revendication de la différence
  Portrait d'un Juif, Gallimard, Idées, p. 80-97 (1ʳᵉ éd. Gallimard, 1962).
Fiction et vérité de la différence
  L.R., p. 55-67. *Le désert*, Gallimard, 1977, p. 107 et 140-141.
  Le scorpion, Gallimard, 1969, p. 24-33.

LE MYTHE ET LE DISCOURS
DU RACISTE

Le discours du raciste
  (Races pures, valorisation de la différence, utilisation de la valorisation.) L.R., p. 67.
Portrait mythique du colonisé
  P.C., O.C., p. 109-118.
Le mythe biologique
  L.R., p. 28-67. P.J., O.C., p. 106-143.
L'accusation métaphysique
  P.J., O.C., p. 196-197. *La libération du Juif*, O.C., p. 213-226.

L'accusation économique
  Le domestique, H.D., O.C., 173-194, P.J., O.C., p. 144-194.
  L.J., O.C., p. 207-211.
L'accusation culturelle
  P.J., O.C., p. 126.

FINALITÉ ET FONCTION DU MYTHE

Le mythe raciste a une fonction
  P.J., O.C., p. 197-213.
Commodité de l'accusation
  P.C., O.C., p. 109, 118. L.J., O.C., p. 213-226.
Le mythe et l'alibi
  L.R., p. 67.
Le bouc émissaire
  L.R., p. 77.
La négativisation et la néantisation de la victime
  L.R., p. 128.
Le racisme est un discours et l'esquisse d'une action
Les carences du dominé
  H.D., O.C., p. 80-90. J.A., O.C., p. 124-125.
Le racisme est profitable
  L.R., p. 75. Pas seulement économiquement, P.C., O.C., p. 14-18.
Le profit est relatif
  P.C., O.C., p. 40-43. H.D., O.C., p. 27-34.
Un profit commun
  P.C., O.C., p. 43 à 46.
Le profit économique
  Entretiens, éd. L'étincelle, Montréal, p. 8, 1975, P.C., O.C., p. 40-43.
Le profit psychologique
  P.C., O.C., p. 43-46.
Le racisme n'est pas une théorie scientifique
  Adresse pour le 30ᵉ anniversaire du M.R.A.P., in *Droit et Liberté*, mai 1979.
Racisme, histoire et oppression
  L.R., p. 71, 86.

Le racisme est daté
  P.J., O.C., p. 105.
Racisme et antisémitisme
  L.R., p. 82.
Racisme et colonisation
  L.R., p. 49. P.C., O.C., p. 99-100.
Racisme et crise
  Droit et liberté, n° 379, juin 1979.
Racisme et oppression
  L.R., p. 71. P.J., O.C., p. 197-213. H.D., O.C., p. 204-208.

TRAITEMENT DU RACISME

Prendre conscience
  Evidences, Paris, sept.-oct. 1971.
Philosophie du racisme
  Racisme, violence et oppression, L.R., p. 71, 137.
Philosophie de l'antiracisme
  Racisme et morale, L.R., p. 143. L'humanisme, H.D., O.C., p. 209.
Que faire ? Quelques leçons pratiques
  H.D., O.C., p. 204-208. H.D., O.C., p. 219-220.
L.R., p. 158.

RÉCAPITULATION

Vues d'ensemble
  Faut-il en parler ?, *Evidences*, O.C., *Le train de la mort*, émission T.V.F., 1974.

Note pour l'édition de 1994	11

I. DESCRIPTION

1. LE DISCOURS DU RACISTE	19
2. L'OBSERVATION	38
Le racisme est une expérience vécue	38
Une expérience commune	46
Une expérience socialisée	48
Racisme et colonisation	49
3. L'INTERPRÉTATION	55
Racisme et différence	55
Le mythe et l'alibi	67
Racisme et oppression	71
Le profit	75
Le bouc émissaire	77
Racisme et antisémitisme	82
4. LES LEÇONS DE L'HISTOIRE	86
Le témoignage des victimes...	94
... et les confirmations de l'expérience	100

II. DÉFINITIONS

Sens large et sens étroit	107
Rappel de la définition	108
Le racisme du démuni	119
La globalisation	123
La socialisation	124
Négativisation et néantisation	128
Racisme et hétérophobie	129

III. TRAITEMENT

Philosophie du racisme...	137
... et quelques leçons pratiques	158

ANNEXES
Textes à l'appui

Essai de définition commentée	181
Qu'est-ce que le racisme ?	197
Portrait mythique et situation du colonisé	210
Le privilège est relatif	222
Racisme et hétérophobie	229
Notes et repères bibliographiques	235
Liste chronologique des textes principaux de l'auteur concernant le racisme	239
Sommaire analytique des thèmes traités	244

DU MÊME AUTEUR

Récits

LA STATUE DE SEL, préface d'Albert Camus, 1ʳᵉ édition *Corréa*, 1953 ; *Gallimard*, 1963.

AGAR, *Corréa*, 1955 ; *Gallimard*, 1984.

LE SCORPION OU LA CONFESSION IMAGINAIRE, *Gallimard*, 1969.

LE DÉSERT OU LA VIE ET LES AVENTURES DE JUBAÏR OUALI EL-MAMMI, *Gallimard*, 1977.

LE PHARAON, *Julliard*, 1988.

Poésies

LE MIRLITON DU CIEL. Poèmes illustrés de neuf lithographies originales d'Albert Bitran, *Éditions Lahabé*, 1985.

LE MIRLITON DU CIEL, *Julliard*, 1989.

Entretiens

ENTRETIEN (avec Robert Davies), *L'Étincelle*, Montréal, 1975.

LA TERRE INTÉRIEURE (avec Victor Malka), *Gallimard*, 1976.

LE JUIF ET L'AUTRE (avec M. Chavardès et F. Kashi), *Christian de Bartillat*, 1995.

Essais et portraits

PORTRAIT DU COLONISÉ, précédé du PORTRAIT DU COLONISATEUR, préface de J.-P. Sartre, 1ʳᵉ édition *Corréa*, 1957 ; *Gallimard*, 1995.

PORTRAIT D'UN JUIF, *Gallimard*, 1962.

LA LIBÉRATION DU JUIF, *Gallimard*, 1966.

L'HOMME DOMINÉ (le Colonisé, le Juif, le Noir, la Femme, le Domestique, le Racisme), *Gallimard*, 1968.

LA DÉPENDANCE, *Gallimard*, 1979 suivi d'une *Lettre de Vercors*, préface de Fernand Braudel.

LE RACISME (analyse, définition, traitement), *Gallimard*, 1982.

CE QUE JE CROIS, *Grasset*, 1985.

L'ÉCRITURE COLORÉE OU JE VOUS AIME EN ROUGE, *Éditions Périple*, 1986.

BONHEURS, *Arléa*, 1992.

À CONTRE-COURANTS, *Le Nouvel Objet*, 1993.

AH, QUEL BONHEUR! *Arléa*, 1995.

Divers ouvrages, dont :

ANTHOLOGIE DES LITTÉRATURES MAGHRÉBINES,

Présence africaine :

Tome I : Les Écrivains maghrébins d'expression française, 1964.

Tome II : Les Écrivains français du Maghreb, 1969.

LES FRANÇAIS ET LE RACISME (en collaboration), *Payot*, 1965.

JUIFS ET ARABES, *Gallimard*, 1974.

ÉCRIVAINS FRANCOPHONES DU MAGHREB, *Laffont*, 1985.

NOUVELLES ET POÈMES dans différentes revues (*N.R.F.*, *Traces*, *L'Arche*, *Midstream*, etc.).

LE ROMAN MAGHRÉBIN, *Fernand Nathan*, 1987.

Livres de poche :

LA STATUE DE SEL, *Gallimard*, « Folio », n° *206*, 1972.

AGAR, *Gallimard*, « Folio », n° *1584*, 1991.

LE SCORPION, *Gallimard*, « Folio », n° *1715*, 2001.

PORTRAIT DU COLONISÉ, *Petite Bibliothèque Payot*, 1973.

PORTRAIT D'UN JUIF, *Gallimard*, « Idées », *n° 181*, 1969.

LA LIBÉRATION DU JUIF, *Petite Bibliothèque Payot*, 1972.

L'HOMME DOMINÉ, *Petite Bibliothèque Payot*, 1973.

JUIFS ET ARABES, *Gallimard*, « Idées », *n° 320*, 1974.

LE DÉSERT, *Gallimard*, « Folio » *n° 2034*, 1989.

LA DÉPENDANCE, *Gallimard*, « Folio Essais », *n° 230*, 1993.

LE RACISME, *Gallimard*, « Folio actuel », *n° 41*.

À consulter sur l'œuvre d'Albert Memmi :

C. Dugas, ALBERT MEMMI, ÉCRIVAIN DE LA DÉCHIRURE, *Éditions Naaman.*

R. Elbaz, LE DISCOURS MAGHRÉBIN, DYNAMIQUE TEXTUELLE CHEZ ALBERT MEMMI, *Le Préambule.*

J.-Y. Guérin, ALBERT MEMMI, ÉCRIVAIN ET SOCIOLOGUE, *L'Harmattan.*

S. Leibovici, M. de Gandillac *et al.*, FIGURES DE LA DÉPENDANCE, AUTOUR D'ALBERT MEMMI, *Presses universitaires de France*, 1991.

E. Jouve *et al.*, ALBERT MEMMI, PROPHÈTE DE LA DÉCOLONISATION, *Levrault éd.*

M. Robequin, ALBERT MEMMI, *Arts et Lettres de France.*

11410

Composition Bussière
et impression Bussière Camedan Imprimeries
à Saint-Amand (Cher), le 24 janvier 2002.
Dépôt légal : janvier 2002.
1ᵉʳ dépôt légal dans la collection : octobre 1994.
Numéro d'imprimeur : 020233/1.
ISBN 2-07-032854-6./Imprimé en France.